《爱国奋斗精神学习读本》系列丛书

邓稼先
功勋泽人间

沈俊峰 著

中国科学技术出版社
·北 京·

图书在版编目（CIP）数据

邓稼先：功勋泽人间 / 沈俊峰著 . —北京：中国科学技术出版社，2021.2

（《爱国奋斗精神学习读本》系列丛书）

ISBN 978–7–5046–8817–0

Ⅰ.①邓⋯ Ⅱ.①沈⋯ Ⅲ.①纪实文学—中国—当代 Ⅳ.① I25

中国版本图书馆 CIP 数据核字（2020）第 189224 号

策划编辑	符晓静
责任编辑	符晓静　肖　静
封面设计	中科星河
正文设计	中文天地
责任校对	张晓莉
责任印制	徐　飞

出　　版	中国科学技术出版社
发　　行	中国科学技术出版社有限公司发行部
地　　址	北京市海淀区中关村南大街 16 号
邮　　编	100081
发行电话	010-62173865
传　　真	010-62173081
网　　址	http://www.cspbooks.com.cn

开　　本	720mm×1000mm　1/16
字　　数	100 千字
印　　张	14
版　　次	2021 年 2 月第 1 版
印　　次	2021 年 2 月第 1 次印刷
印　　刷	北京博海升彩色印刷有限公司
书　　号	ISBN 978-7-5046-8817-0 / I·52
定　　价	58.00 元

（凡购买本社图书，如有缺页、倒页、脱页者，本社发行部负责调换）

编写说明

为认真贯彻习近平总书记关于弘扬爱国奋斗精神系列重要指示精神，根据中共中央组织部、中共中央宣传部关于在广大知识分子中深入开展"弘扬爱国奋斗精神、建功立业新时代"活动的有关工作部署，中国科学技术协会组织编写《爱国奋斗精神学习读本》系列丛书，在先期出版《爱国奋斗精神学习读本》理论篇和榜样篇的基础上，推出弘扬爱国奋斗精神科技人物单行本，作为加强知识分子和青年学生思想政治教育、职业道德建设和科研道德培养的重要读物。

本次出版《邓稼先：功勋泽人间》，以纪实文学的形式描写邓稼先感人至深的鲜活事迹，有力诠释了什么是知识分子的责任与担当，也全面呈现了他勇担重任，直至奋斗到生命最后一刻的爱国情怀、科学精神、高尚情操与优秀品格。

本书编写组
2020 年 11 月

《爱国奋斗精神学习读本》系列丛书编写组

顾　　问　　万　钢

主　　编　　怀进鹏

执行主编　　束　为

《爱国奋斗精神学习读本》系列丛书编写组办公室

主　　任　　李坤平

副 主 任　　秦德继　郭　哲　解　欣　谭华霖
　　　　　　林　立

成　　员（以姓氏笔画为序）
　　　　　　王晓平　白　珺　齐　放　肖　静
　　　　　　宋维嘉　孟令耘　柏　坤　宫　飞
　　　　　　符晓静

前言

"功勋泽人间"是张爱萍将军给予邓稼先的至高评价。

写作这本书时,我常常会生发一种感慨,假如中国没有原子弹,没有氢弹,世界会是个什么样子?我们会不会受到核大国的核威胁与讹诈,是否还会受到列强的欺侮或侵略?我们的生活是否还会这样平静与美好?

"哪有什么岁月静好,不过是有人替你负重前行。"每当在网络上看到这句话时,我就会想到邓稼先。邓稼先不是为了哪一个人或哪几个人,而是为了我们的国家、为了中华民族。他是一个负大重而前行的人,是一个以生命为代价负重前行的人,是民族的脊梁。

中华文明源远流长,昂然屹立于世界之林,爱国为民是一条清晰的红线。忧国忧民、心怀天下是中华民族的精神内核之一。"先天下之忧而忧，后天下之乐而乐""位卑未敢忘忧国""人生自古谁无死，留取丹心照汗青"……精忠报国的思想和情感早已融入我们传统文化的血液，杰出的爱国代表人物灿若星河。

世界著名物理学家杨振宁先生说："邓稼先是中国几千年传统文化所孕育出来的有最高奉献精神的儿子。"

邓稼先是我国核武器理论研究工作的奠基者和开拓者之一，是我国研制和发展核武器在技术上的主要组织领导者之一。为了我国的核武器事业，他隐姓埋名奋斗了28年，不幸在一次核试验中受到核辐射，身患直肠癌。在生命的最后时光，他忍着病痛，和于敏等人一起拟定了凝聚着众多科学家心血与智慧的给党中央的建议书。

邓稼先用最后的呼吸回应了自己28年前的领衔受命：死而无憾。"鞠躬尽瘁，死而后已"八个大字，准确地描述了他的一生。他将自己的全部心血、聪明才智乃至宝贵的生命都献给了挚爱的祖国。

在邓稼先逝世十周年的日子，我国成功地进行了最后一次核爆试验，并立即向世界发表了声明：从1996年7月30日起，中国暂停核试验。

1999年，中华人民共和国成立50周年，党中央、国务院、中央军委隆重表彰了为我国"两弹一星"事业做出突出贡献的23位科技专家，追授邓稼先"两弹一星"功勋奖章。2008年，邓稼先当选中国科学技术协会组织评选的"中国十大科技传播优秀人物"。2009年，邓稼先被评为"100位新中国成立以来感动中国人物"之一。

人民不会忘记邓稼先。中华民族的子孙后代不会忘记邓稼先，并将受到他的精神激励，直到永远。

在时间长河里，我们——中华民族的子孙后代，会愈发地感受到邓稼先等人"功勋泽人间"的深远意义。

我们感动着，我们感恩着，我们奋斗着，我们前进着。

目 录
Contents

1	引 言
5	**第一章　百年屈辱** 新中国受到美国核武器的严重威胁
17	**第二章　领衔受命** 比首创者多的是信心和志气
36	**第三章　扬眉吐气** 原子弹、氢弹接连爆炸成功
76	**第四章　报国之路** 从西南联大到普渡大学
115	**第五章　舍身忘己** 双手捧起了高辐射弹片

139	**第六章　信仰如磐** 比生命还重要的建议书
171	**第七章　死而无憾** 不要让人家把我们落得太远
191	**第八章　两弹元勋** 许身国威壮河山
207	**后　记**

引 言

历史犹如一条长河,奔腾向前,生生不息。

波光浪影中,总有一些重要的、光明的、希望的节点,在岁月的幕墙上熠熠生辉,一如浩瀚而永恒的星空,令人仰望。

这是历史的选择。

1964年10月16日,我国第一颗原子弹爆炸成功。

1967年6月17日,我国第一颗氢弹爆炸成功。

这两个日子,两个时间节点,震惊了世界,也改写了中国历史。

这两个时间节点所产生的冲击波,像池塘中

荡开的涟漪，传递了一个巨大的波澜，一直波及至今天，而且，还将继续"波及"下去。

这是镇国重器。

核武器的重要性，中国改革开放总设计师邓小平曾有过精彩的评价。1988年10月24日，邓小平视察北京正负电子对撞机工程，说："如果六十年代以来，中国没有原子弹、氢弹，没有发射卫星，中国就不能叫有重要影响的大国，就没有现在这样的国际地位。这些东西反映一个民族的能力，也是一个民族、一个国家兴旺发达的标志……大家要记住那个年代。"

是的，中国有今天的强大和影响力，不应该忘记那个自力更生、奋发图强的时代。那个时代的拼搏奋斗、奉献牺牲的大无畏精神，一直是我们昂扬向上、与时俱进的精神遗产和宝贵、无穷的精神财富。

站在历史的肩上，才会有今天的高度。

不难想象，如果没有这些镇国重器，中华民族将会面临世界霸权怎样的欺侮和核讹诈呢？

唯有亲身经历，才能体察历史的伤痛。

引言

1993年8月21日，著名物理学家杨振宁在《人民日报》发表了纪念邓稼先的文章，写道："一百年以前，甲午战争和八国联军时代，恐怕是中华民族五千年历史上最黑暗最悲惨的时代……那是任人宰割的时代，是有亡国灭种的危险的时代。今天，一个世纪以后，中国人站起来了。这是千千万万人努力的结果，是许许多多可歌可泣的英雄人物创造出来的，在20世纪人类历史上可能是最重要的、影响最深远的巨大转变。对这巨大转变做出了巨大贡献的有一位长期以来鲜为人知的科学家：邓稼先（1924—1986）。"

邓稼先是中华人民共和国核武器事业的奠基人和开拓者，在他的带领下，我国拥有了核武器。不幸的是，这位杰出的民族英雄，在1986年7月29日，用最后的呼吸回应了自己28年前的领衔受命：死而无憾。

大捷而身死，马革裹尸还。

1996年7月29日，是邓稼先逝世十周年的日子，我国进行了最后一次（第45次）核爆试验，随即向全世界发表声明："中华人民共和国郑重宣布，从1996年7月30日起，中国开始暂停核试验。"

从此，寂静的罗布泊被人们永远地怀念。

从此，邓稼先的名字刻在了共和国的历史星空。

第一章

百年屈辱
新中国受到美国核武器的严重威胁

阴雨连绵的日子,最渴望阳光;匍匐于地的人,最渴望站立;一个积贫积弱的国家,最渴望富强。

可是,在弱肉强食的丛林世界,仅仅是不受欺侮,平等于世,也需要一场淬火般的血与火的涅槃与新生。

有着五千多年璀璨文化的中华民族,却有一个屈辱的百年近代史,让国人饱尝了西方列强的压榨和蹂躏。在这个短暂又漫长的百年，西方列强一而再，再而三地挥舞着冷酷的刀枪，无情地将我们击打得山河破碎，伤痕累累，这成为中华民族永远抹不去的伤痛和耻辱。

历史是不能忘记的。

让我们再一次回溯近代百年的历史，了解这段屈辱的时光，才会更加明白新中国的意义。

1840年，英国的鸦片和炮舰，无情地打开了中国的大门，鸦片战争爆发。

两年多的鸦片战争，腐败的清政府彻底品尝到了"落后就要挨打"的滋味，被迫低下了闭关锁国、自高自大的头颅，与英国签订了丧权辱国的《南京条约》：赔款2100万银圆（指西班牙银圆，每枚质量为七钱二分至三分），割让香港岛，开放广州、厦门、福州、宁波、上海五处为通商口岸。

英国毫不费力，就在中国获得了巨大的经济利益。

也就是从这个时候起，清朝帝国的噩梦开始了。

英国要获取更大的利益。它谋利的方式，是用拳头说话。

1856年10月，英国找到一个帮手——法国，在俄、美的支持下，英法联军炮轰广州，再次挑起了战争。英法联军从广州北上，攻下了天津、北京，劫掠了圆明园，然后一把火将"万园之园"——圆明园烧成了一片废墟。第二次鸦片战争打了4年，无能的清政府再次战败，只好与英法两国签订了《北京条约》，又是赔款、割地，增开汉口、南京、天津等地为通商口岸。

此时，与我国领土接壤的俄国趁火打劫，以武力胁迫清政府，先后签订了中俄《瑷珲条约》《北京条约》《勘分西北界约记》等不平等条约，从我国东北、西北夺走领土150多万平方千米。

150多万平方千米，是比英、法、德、日四国面积的总和还要多的广阔领土。

清政府的软弱无能和腐败，刺激了一衣带水的日本。1894年7月，一向觊觎中国的日本对清政府不宣而战，发动了蓄谋已久的对华战争。这一年是农历甲午年，历史上称为中日甲午战争。

此战，清政府的北洋舰队全军覆没。

1895年4月，战败的清政府被迫与日本签订《马关条约》：清政府割辽东半岛、台湾岛及其附属各岛屿、澎湖列岛给日本；赔偿日本军费2亿两白银；开放沙市、重庆、苏州、杭州为通商口岸；允许日本在通商口岸开设工厂。

中国的巨额赔款，让日本成了战争暴发户，让中国的国际地位一落千丈。

西方列强不仅从中国获得了高额利润，还借此控制了中国的财政和经济命脉。《马关条约》大大加深了中国的民族危机。

清政府与西方列强签订的每一个条约，都是丧权辱国的条约。那时的中国，已经成为西方列强眼中的一块肥肉，谁都想咬一口。

于是，虎视眈眈的西方列强，掀起了一个瓜分中国的狂潮。

1900年6月，俄、英、美、日、德、法、意、奥八个国家，拼凑了一支仅仅2000多人的队伍，竟然攻陷了天津、北京，他们大肆抢掠。大清皇帝闻风而逃，然后与俄、英、美、日、德、法、意、奥八国签订了《辛丑条约》：清政府向各国共赔偿白银四亿五千万两，以海关等税收作担保，分39年还清，本息共计九亿八千万两；划定北京东交民巷为使馆界，允许各国驻兵保护，不准中国人在界内居住……

中国当时有四亿五千万人口，赔偿四亿五千万两白银，等于是中国每人都要被压榨出一两白银。

那是中华民族五千多年文明史上最黑暗、最悲惨的时代。曾经辉煌的东方大国，此时如一头沉睡不醒的雄狮，任人蹂躏，任人宰割。神州大地的每一寸河山，都在黑暗中痛楚地哀号、流泪、滴血，风雨飘摇，山河破碎，有着亡国灭种的危险。

然而，悲剧和黑暗还远远没有结束。

1931年9月，日本发动"九一八事变"，开始蚕食我国东北三省。

1937年7月，日本发动七七事变（卢沟桥事变），开始了全面侵华战争。这场战争，造成我国军民死伤3500万人。日本军队仅在南京就屠杀手无寸铁的居民和放下武器的中国士兵30万人以上，惨绝千古人寰。

1945年8月，在中国人民和世界人民的顽强抗击下，日本被迫宣布无条件投降。

1949年10月1日，毛泽东在天安门城楼向世界庄严宣告："中华人民共和国中央人民政府今天成立了！"

这是一声震彻寰宇的呐喊，标志着东方古国的苏醒，中国从此摆脱了一百多年来被帝国主义压迫的历史。

从百年激荡中走过来的中国人，在这洪钟大吕般的呐喊声中，是何等振奋，何等扬眉吐气。这是新生的中国。

1840年至1949年，一百多年中，无数仁人志士在荆棘丛中，在血泊之路上，历尽千辛万难，敢于牺牲，孜孜以求救国救民的光明之路、富国之路、强国之路。如今，漫长的历史终于做出了正确的选择，中国共产党顺应历史的洪流，走上了领导舞台，带领中国人民昂首挺胸，真正站了起来。

人民英雄纪念碑上铭刻着这样的碑文：

> 三年以来，在人民解放战争和人民革命中牺牲的人民英雄们永垂不朽！
>
> 三十年以来，在人民解放战争和人民革命中牺牲的人民英雄们永垂不朽！
>
> 由此上溯到一千八百四十年，从那时起，为了反对内外敌人，争取民族独立和人民自由幸福，在历次斗争中牺牲的人民英雄们永垂不朽！

这每一个字，都重如千钧。在历史的明镜下，它的深刻内涵和精神价值，生发出耀眼的光芒。它让我们懂得，新中国的创立是多么不容易。它更让我们懂得，一个强大的祖国对一个人的真正意义。

然而，帝国主义并不希望新中国强大，它们将新中国的创立与成长视为眼中钉、肉中刺，不惜全力扼杀。

1950 年 6 月 25 日，以美国为首的所谓"联合国军"大举侵犯朝鲜。朝鲜战争爆发。战火燃到了鸭绿江边的中国土地上。

1950年10月25日，中国人民志愿军抗美援朝。志愿军将士不怕牺牲，英勇善战，以顽强的意志，在极端艰苦恶劣的条件下，取得了节节胜利。美国当权者为了挽回战局，竟然多次企图对中国使用原子弹。

美国是人类历史上第一个使用核武器的国家。1945年8月6日、8月9日，美国分别在日本广岛和长崎投掷了代号"小男孩"和"胖子"的原子弹，造成大量日本平民和军人的伤亡，加速了日本军国主义的彻底失败。这让美国和全世界都知道了核武器的巨大威力。后来在朝鲜战场上的军事失败，令美国当局恼羞成怒，视核武器为撒手锏。

1950年11月30日，在一次新闻发布会上，美国第33任总统杜鲁门发表了《关于朝鲜局势的声明》，威胁说："不排除在朝鲜使用原子弹的可能。"

1953年年初，美国第34任总统艾森豪威尔下达命令，将携带核弹头的导弹秘密运到了日本冲绳岛，为向中国发射核导弹做准备。

1955年，美国国会正式通过授权，总统可以对中国使用核武器，美国军方为此研究制定了用原子弹攻击中国东南沿海地区的多种方案。

毫无疑问，积弱积贫的新中国受到了美国核武器的严重威胁。

多年之后，美国在朝鲜战争时准备向中国使用原子弹的事，被两位美国人写于书中，公之于世。美国斯坦福国际战略研究所所长、斯坦福大学中国政治问题教授约翰·刘易斯和薛理泰在《中国原子弹的制造》一书中披露："中国军队入朝作战时，北朝鲜军队已全面崩溃，联合国部队正逼近中朝边界。战争结束后，中国得到了代价沉痛的教训。""战争把中国引向先进的武器和技术时代，以及正如我们在下面将要看到的核威慑时代。""为了在这个现代化的世界里生存下来，中国应该拥有也必须拥有现代化的武器。"

这个"现代化的武器"，指的就是核武器。

美国的核武器，成了悬在中国人民头上的达摩克利斯之剑，危险无时不在。

但是，美国最终没敢向中国使用核武器。

一代伟人毛泽东曾断定美国不敢使用原子弹。他说，美国的原子弹与美帝国主义本身一样，都是纸老虎。毛泽东之所以有这样的判断，一个原因是全世界有正义感的人民强烈反对使用核武器。另一个更为重要的原因是，作为社会主义国家的苏联已经于1949年8月29日成功爆炸了一颗原子弹，打破了美国的核垄断。如果美国胆敢挑起核战争，美国及其盟军将有可能引火烧身。

虽然我们在抗美援朝战争中取得了胜利，却也尝到了技术装备落后的苦头。我们付出更多的，只能是生命的代价。正因为这样，我们意识到，必须要有原子弹，必须要有自己的现代化武器，才能在这个世界上生存下去。因为和平的最好方式，是力量的平衡和制约。

然而，那个时候的中国确实太落后了。

我们没有原子弹，没有氢弹，也没有核弹的运载工具。我们没有核遏制的力量，不具备对等的现代化武器装备，没有与之相抗衡的力量。

一穷二白，当然难逃核大国的威胁与讹诈。

新中国成立了，却孤独地处在西方列强的钳形包围之中，面临着西方大国严峻的核威慑。

那个时候，西方一些大国已经实现了工业现代化，进入了所谓的"原子时代""喷气时代"，新中国却要在一片战争的废墟上"医治"累累创伤，百业待兴，要咬紧牙关，从头开始。

世界上许多热爱和平的人士都关注着新中国，希望新中国就此强大起来。

1951年10月，法国科学院院长、世界著名科学家、诺贝尔化学奖获得者约里奥·居里（他是居里夫人的女婿，法国共产党员）请中国放射化学家杨承宗回国转告毛泽东："你们要反对原子弹，你们就必须有自己的原子弹。"约里奥·居里夫人还将亲手制作的10克放射性镭的标准源送给杨承宗，让他带回中国。

1956年4月25日，毛泽东在中央政治局扩大会议上说："我们还没有原子弹……在今天的世界上，我们要不受人家欺负，就不能没有这个东西。"

陈毅元帅更是激情豪壮："中国人就是把裤子当了，也要把原子弹搞出来。"

党中央审时度势，毅然做出了发展核事业的战略决策。

1957年10月15日，中苏签订了《中苏国防新技术协定》，拉开了苏联在新技术方面全面援华的序幕。帮助中国发展核武器技术，是其中重要的内容之一。

中国的核工业全面上马了。

1958年，中国成立了专门组织领导核工业建设的第二机械工业部（简称"二机部"），正式开始研制原子弹。

这个举足轻重的国家大事，由谁来领头呢？

经原子能研究所所长、二机部副部长钱三强推荐，二机部、中国科学院（简称"中科院"）主要领导人同意，这个重担落在了年轻的邓稼先的肩上。

邓稼先是谁？他能担负起这项国家重任吗？

第二章

领衔受命
比首创者多的是信心和志气

1958年8月,是北京一年中最热的时节。

一天,邓稼先被钱三强叫到了办公室。

钱三强是著名语言文字学家钱玄同之子,浙江绍兴人,核物理学家,中国科学院院士。第二次世界大战期间,他曾在法国和伊伦·居里共同从事理论物理研究,1943年获得博士学位。

邓稼先于1950年10月进入中国科学院近代物理研究所(后改名为"原子能研究所")工作,

先是助理研究员，随后提升为副研究员。当时，原子核物理研究在中国还是一块空白，邓稼先与同事们一起，为我国核理论研究做了开创性的工作，发表了数篇科研论文。1954年，他兼任中国科学院数理化学部的副学术秘书，钱三强是学术秘书。因此，两人工作联系多，十分熟悉。钱三强推荐邓稼先，应该是知人善任。

钱三强看着邓稼先，幽默地说："稼先同志，国家要放一个大炮仗，调你去做这项工作，怎样？"说完，他的目光掠过邓稼先的面颊，看着他。

"大炮仗？"邓稼先稍一沉吟，便明白了国家是要研制原子弹。他有点激动，来不及细想，像是自言自语地说："我能行吗？"

34岁的邓稼先没有想到，他的人生会就此发生一个重大转折。

许多时候，个人与国家同呼吸、共命运并不是一句空话。国家命运，此刻就决定了邓稼先的命运。为国效力、报效祖国，是近代知识分子普遍的人生价值取向和追求目标。

钱三强对邓稼先的谈话是相当谨慎和费神的。以他对邓稼先的了解，相信邓稼先能够承受工作给他个人和家庭带来的损失和影响，却有些担心他不敢接手这副重担。毕竟这是事关国家命运的大事。因此，他想给邓稼先一个缓冲的余地，故意不直接点破主题，而是装作漫不经心的样子，话说得幽默而轻松。

钱三强谈了工作的意义和任务，邓稼先全都明白了。

邓稼先当然愿意为国家做这件大事。他知道国家在这个时候做这件大事，是形势所迫，刻不容缓。他刻苦攻读了这么多年，掌握了科学知识，不就是为了有朝一日能报效国家吗？现在，大显身手的机会到了。他有些兴奋。不过，这项工作之艰巨，他也是明白的，自己后半生将为此付出怎样的代价，其后的一切一切，他不得而知，也无法想象了。

他能做的，就是接受这个光荣而艰巨的任务。或者说，接受国家的这个秘密使命。

那天，邓稼先回家比平时晚了一些。

邓稼先

功勋泽人间

4岁的典典正哄逗着2岁的平平玩耍。见他回来，姐弟俩笑着向他扑来。妻子许鹿希随口问了一句："今天怎么晚了？"

邓稼先点点头，没有回答，只是靠坐在椅子上，像是有点疲惫。

许鹿希察觉到了他与往日的不同，也不问他，只是默默地忙家务，照顾孩子吃饭。家务忙完，将孩子哄睡，已经很晚了。

那是一个改变命运的夜晚。

邓稼先躺在床上，翻来覆去睡不着。

许鹿希尽量显得不在意地问他："稼先，是不是有什么事儿？"

邓稼先没有明确地答复，大概一时半会儿他也不知道从哪里说起，又像是在思索究竟该怎么说。

两个人都静静地躺着。月光从窗外静静地照进来，银辉洒了一地。

夜安静极了。

过了好大一会儿，邓稼先终于开了口："我要调动工作了。"

许鹿希问："调到哪里去？"

邓稼先说："这不知道。"

"干什么工作呢？"

邓稼先说："不知道。也不能说。"

"那么，到了新的工作地方，给我来一封信，告诉我回信的信箱，行吧？"

邓稼先说："大概这些也都不行。"

"真奇怪。"许鹿希心中茫然一片，"怎么什么都不能说？"

邓稼先没有答话，屋子里又是一阵难耐的沉默。

过了一会儿，邓稼先才说道："我今后恐怕照顾不了这个家了，这些全靠你了。"

许鹿希这才感到事态的严重。她是个理性的知识分子，理解丈夫，深知丈夫所说之事重大，便不再多问。

几只小虫子在窗外轻轻地鸣叫着。

领受了国家的重大使命，邓稼先当然明白自己的工作纪律和严格要求，从此他必须隐姓埋名，不能发表学术论文，不能公开做报告，不能出国，不能和某些朋友随便交往，不能说自己在什么地方，更不能说在干什么。他的工作，上不能告诉父母，下不能告诉妻子儿女。或许，他这一辈子都将无人知晓，一辈子都不会看到自己声名的成长，甚至到死也极有可能只是默默无闻，平凡如一棵树。

这种秘密工作，禁忌实在是太多了。

隐姓埋名，不仅伤及一个人的名利，也会伤及一个人的性情。他要在难以想象的重压之下，克服难以想象的艰难困苦，承受巨大的精神负担，像一个孤独寂寞的行者，跋涉在荒漠戈壁，有可能要用一生的时光，去实现他自小抱定的科技强国、报效国家的男儿理想。这也是父亲对他的期望。

他明白，中国太需要原子弹以壮国威了。为了这个目标，他只能将一切深埋于心，丝毫不能告诉妻子。

隔了好一会儿，邓稼先突然用完全不同的语气，坚定而自信，像是对妻子说，又像是自言自语："我的生命就献给未来的工作了。做好了这件事，我这一生就过得很有意义，就是为它死了也值得。"

邓稼先的这句话，太凝重了。许鹿希感受到了心弦的震颤，感受到了他勇往直前的、坚定而无畏的决心。

"做好了这件事，我这一生就过得很有意义，就是为它死了也值得。"决绝、悲壮，义无反顾，壮怀激烈，这一定是震撼在邓稼先心灵最深处的声音。谁能想到，28年后，这竟是一语成谶呢？

那是一个不眠之夜。

邓稼先心中翻滚着离家的不舍与痛苦，也涌动着即将奔赴新岗位的激动与兴奋。

许鹿希呢，在听了丈夫的这一番话之后，像是一下子掉进了冰窖，心中涌动起了分别的不舍、对丈夫的担心和牵挂。

那年，许鹿希才30岁，按照邓稼先说的要调动工作，那就意味着，她要独自担负起整个家庭的重担，带两个年幼的孩子，照顾生病的两位老人，还要在自己的专业上花费时间和心血，以有所追求。事情堆积如山，实在是太多了，想想都

邓稼先
功勋泽人间

让人心里发怵。但是，她深明大义。她明白，丈夫要去做的，一定是有关国家利益的大事。丈夫选定的目标，一定会义无反顾地走到底。她不做出个人的牺牲，就不能支持丈夫去完成事业。因此，她不能分他的心，更不能用家里的琐事去打扰他。她必须做出牺牲，默默地承担起家庭的全部重担。

她对丈夫说："放心吧，我是支持你的。"

第二天，邓稼先像是变了一个人。以前不喜欢照相的他，带着妻子和两个孩子，到照相馆照

1958年，邓稼先与妻子、女儿、儿子拍的一张全家福

了一张全家福。

无法想象邓稼先此刻的心情，是对家的留恋、愧疚，还是为了纪念或明志，抑或对边关明月的义无反顾？或者这些感情都有？

一个人若想有出息，离不开奋斗。一个贫穷落后的国家若想强大，离不开一代又一代人的卧薪尝胆，离不开他们的埋头奋斗，离不开他们的不懈努力。"位卑未敢忘忧国"，邓稼先虽然是一个留洋归来的知识分子，却自小饱读诗书，当然深明大义。

邓稼先领衔受命，第一批到二机部九局报到。九局后来改称为九院，也就是中国核武器研究院。

九院成立之初，工作地点设在北京郊外，实实在在的郊外。也就是划出来一大块庄稼地，庄稼地里还长着一片高粱，这便是九院的院址。

白手起家，一切都要从头建设。

那时候，邓稼先担任九院的理论部主任，也就是中国原子弹理论设计的总负责人。他从清华、北大、北航等名校挑选了28名优秀应届毕业生，作为首批科研攻关的理论部成员。

1958年8月，九院所有的人，从刚来的名牌大学的优秀毕业生，到邓稼先这样的副研究员，全部投入基础施工的行列。他们砍高粱、挑土、平地、修路、抹灰、砌墙，做着建筑工地上的各种杂活。没有人讲条件，没有人叫苦喊累，大家都被一种勃发向上的激情鼓舞着、激励着，只想多做工作，早日完成任务。

就这样，劳累了一天，满身泥土，大家却没有任何的不满和怨气，反而从心底油然而生一种"白手起家"的壮志豪情。

邓稼先领受的第一个任务，是从苏联专家那里学本事。

虽然中苏有协议，苏联帮助中国发展核武器技术，但是，那只是协议。现实情况是，苏联的援助从一开始就是很有限的，最主要的是，他们不提供军事援助。在中国核工业系统工作的200多名苏联专家，有的对中国很友好。这些友好人士态度和蔼，充满善意，与中国专家谈笑风生，天南地北无所不聊，却不涉及原子弹的内容。而那些态度并不怎么友好的人，心持封锁保密，甚至心怀敌意，根本不会提供任何有价值的技术。所以，若想从苏联专家那里学本事，几乎是不可能的。

邓稼先打交道的第一位苏联专家是列金涅夫。

列金涅夫喜欢穿中式棉袄、爱喝乌龙茶，对中国是友好的。他在给中方四五位高层人士讲课时，旁听的苏联顾问团的领导会用咳嗽声提醒他，他的讲课也就含糊其词地很快收场了。

新来的一位苏联专家什么也不说，态度冷淡。大家便给他起了一个外号叫"哑巴和尚"。"哑巴和尚"在给中方列出的上百部专业书籍中，甚至还列出了关于如何养花的书。

邓稼先客气地向他请教："花匠与原子核物理有什么关系？"

"哑巴和尚"回答说："你为什么不问原子核物理要不要在开满鲜花的环境里工作呢？"

现实就是这样残酷无情。

这些事实证明，向苏联专家学本事，是一条

根本行不通的路。若想发展核武器技术，还是得依靠我们自己。

很快，中苏关系破裂了，"同志加兄弟"的友谊，瞬间变成了敌对势力。甚至在几年之后，中国也一度受到苏联的核威胁。

1959年6月20日，苏联暂缓向中国提供原子弹的教学模型和图纸资料。翌年7月16日，苏联决定撤走在我国核工业系统工作的全部专家。

苏联的毁约停援，给中国的核工业建设造成了很大的损失。从原子弹理论设计方面来说，耗费了我们的时间和精力，结果却是一片空白。苏联专家撤走时，因为匆忙或不留神，掉下了一点碎纸片，上面有像眉毛状的一条弧线和数字，领导要邓稼先整理。邓稼先和同事经过连日的拼凑和分析，合成了一些当时以为可能有用也可能没用的材料，但后来才知道，那些都是完全没有用的内容。

面对如此严峻的形势，有骨气的中国人没有被困难吓倒，更不会屈服于苏联的指挥棒。

党中央审时度势，做出了决策："自己动手，从头摸起，准备用 8 年时间搞出原子弹。"

我们只能依靠自己。

如何落实中央的决策？

当时，中国核武器的龙头在二机部，二机部的龙头在核武器研究院（九院），研究院的龙头在理论设计部（简称"理论部"），邓稼先自调到二机部九院，就担任理论部主任，也就是原子弹理论设计的总负责人。

是的，我们无法估量邓稼先肩上的担子到底有多重。

虽然我们无法估量，却可以对比。我们对比一下已经解密的美国原子弹理论设计的历史，就能清楚邓稼先肩上的担子到底有多重了。

1945 年，美国首先研制成功了原子弹，并且很快投入了对日本军国主义的战斗，震惊世界。美国成功研制原子弹的大背景，是世界量子力学的发展和第二次世界大战的催产。其成功的背景，是美国高度发展的工业水平和它拥有众多世界一流的科学家。尽管美国具备许多优越的条件，但是在原子弹的理论设计上，还是先后遇到了许许多多的难题。

比如，横截面问题，这是衡量某一种核反应出现的概率问题。

比如，起爆时间问题。若是提前起爆，就会降低原子弹的效率；若是推迟起爆，也会降低原子弹的效率。为了取得高效率，就要确保起爆恰到好处，不早也不晚。这样，就需要在弹芯和外围反射层之外再加一个起爆器，如此，才可以确保起爆时间的精确，不能早，也不能迟，要它起爆就立即起爆，不要它起爆就绝对不能起爆。

比如，用什么材料做起爆剂？这也是一个令人头疼的问题。起爆剂是原子弹里面很小的一个部件，它只需要有一两个中子就能启动链式反应。关于起爆剂的设计，国外始终保密，直到现在，各国对于起爆剂的具体技术，仍然属于军事机密。

而更大的难题是枪法、内爆法的问题，也就是原子弹用什么方式爆炸的问题。枪法是用无烟火药把铀235弹头射向铀235靶环，两者合在一起时，铀235的质量超过临界质量，就会立即引起原子弹爆炸。

内爆法呢，我们可以将它想象为：把核材料铀235做得像切成四块的苹果样式，在它们周围放着炸药，都放在一个极其坚固的球体中，点燃炸药后，爆炸力并不向外炸开球体，而是使四块分散的铀235都向球心集中，合成一个整的圆苹果状，其质量在瞬间超过临界质量，于是，原子弹立即爆炸。

··········

当年美国人遇到的所有这些关键性的难题，现在同样摆在了邓稼先和他的同事们面前。没有任何外援，一切都要摸索，从头做起，依靠自己的智慧一步步去解决。能让他们坚定信心的，是别人的成果已经摆在了那里。

美国原子弹的理论设计工作开始于1942年夏天。当时美国的工业已经很发达，能制造汽车、飞机和军舰，有着成熟而尖端的工业制造水平。而我国在20世纪50年代末才刚刚能生产大卡车，没有一个相对完整的工业体系，工业制造水平极其落后。所以，对于工业底子薄、经济落后的新中国，研制原子弹的确有着巨大的困难。

但是，我们有一个巨大的优势，那就是中国共产党的领导和号召力、人民群众参与建设的积极性和新中国的凝聚力。在整个原子弹的研制过程中，除中国核武器研究院（九院）这个主战场之外，先后有26个部（院）和20个省、自治区、直辖市（包括900多家工厂、科研机构和大专院校）参加了攻关会战。在尖端技术研究、专用设备和新型材料的研制方面，我国科技界有20多个研究所和诸多部门参与解决了近千项研制中的课题。这些，弥补了我国工业水平的落后。

张爱萍将军在给中央的有关原子弹的调研报告中，曾经开了一个在当时看起来挺吓人的清单："生产二氧化铀所需的树脂，明年需要320吨，而今年才生产了20吨，还不到1/16。要满足二机部的需要，要各种设备1305项，82000台/件。各种仪表436项，5100台/件；新技术材料240项……"在一穷二白、经济建设刚刚起步的新中国，这个清单的确显得有点"豪华奢侈"。

由此可见，为了研制原子弹，我们是举全国

之力，克服经济上的落后与贫困，勒紧裤腰带，顶着种种压力上马。所以我们称正在研制的原子弹是"争气弹"。

我国不仅在工业水平、经济条件上与其他国家有差距，更重要的是还需要人才。

美国第一颗原子弹研制者阵容的强大，在科学史上是空前的。物理学界著名科学家奥本海默受命研制原子弹时是38岁。他集合了一小批著名的理论物理学家，专门探讨原子弹的理论设计，被后来的人们称为"夏季讨论会"。

参加"夏季讨论会"的有贝蒂，他的三篇物理学长文被誉为"贝蒂圣经"。20世纪30—40年代，先后到美国工作的世界一流科学家，就有德国人爱因斯坦、丹麦人玻尔、意大利人费米、匈牙利人泰勒，等等。他们都不同程度地参与了美国原子弹的研究工作，其中多数人是"曼哈顿工程"的主要研究人员。他们差不多从头至尾参加了这项研制工作，并且为之做出了极为重要的贡献。据不完全统计，他们中先后获得诺贝尔奖的至少有14人。

再来看看我国。

邓稼先领受任务时是34岁，虽然他是美国普渡大学毕业的博士，却还只是中国科学院的一名副研究员。他对核物理这一学科有着一定的掌握，但是其水平和名气都难以与当年的奥本海默相提并论。

邓稼先的研制团队更是年轻，年轻得近乎"一张白纸"。起初，邓稼先只领导着新招来的28个新毕业的大学生，他们的平均年龄不超过23岁。理论部成立之后，除继续调入一批刚毕业的大学生之外，也调入了王淦昌、彭桓武、郭永怀等高水平的资深科学家，但是在数量上，显然少于当年的美国。在总体水平上，显然比不上像玻尔那样的世界顶尖级的科学家。

美国研制的是人类第一颗原子弹，难度无疑是最大的。研制者是在没有答案的情况下去探索和发现，就像在黑暗中寻找光明，对光明是否存在并没有十足的把握。作为后继者，虽然有前人的足迹可循，知道有答案，知道黑暗中一定有着光明的存在，因此在摸索和寻找过程中，一般来说要容易得多，但是我国研制原子弹却是一个例外。因为，核武器研制属于军事绝密，也不可能像别的新式武器那样，在缴获之后可以拆卸，所以，我们在研制工作中几乎无可借鉴，在很多方面都会遇到和首创者同样的困难。

我们比首创者多的，是我们的信心和勇气。别人能成功的，我们也一定能成功。

但是，成功是需要付出代价的。

第三章

扬眉吐气
原子弹、氢弹接连爆炸成功

仅仅一年的时间,一向活泼开朗的邓稼先在性格上就发生了很大的变化。

回到家里,他说话明显地减少了,有时还走神。他的眼神空落落的,似乎不在这个地球上,而是沉浸在他自己的思索王国里。夜晚,他躺在床上,看上去是闭眼在睡觉,其实并没有睡着。他哪里睡得着呢?他在原子弹理论设计的茫茫夜空里,艰难地思索。

有时候，家人谈起了有趣的事，他恢复了以往的爽朗，开怀大笑，却有好几次，他的笑声突然就中断了。重压之下的思索，常常像火花乍现，或思绪泉涌，突然之间就将他放松的心情给挤到一边去了。于是，他沉入了自己的世界。那是他的自由王国。

他的脑子似乎分成了两半在同时活动，有时候这方面占了上风，突然另一方面又占了上风，而关于科研的那一条思路，则是永远在工作着，放松下来的不过是短暂的一瞬。

思索的隐形翅膀，在智慧的空中无声地翱翔。

许鹿希看到丈夫承受的压力，非常心疼，却帮不上他任何忙，能帮的、能支持的，只能是多照看孩子、多做家务，不让他有后顾之忧，不让他为家分散精力。

邓稼先非常喜欢音乐，现在，他常常在工作紧张之时，抽空听一些田园交响曲，从中领略暴风雨过后那宁静碧绿的美，舒缓一下劳累的神经。听音乐成了他的一种休息方式。

那天晚饭后，他一改多天来的习惯，独自坐

在阳台上，听起了贝多芬第五命运交响曲。他闭上眼睛，静静地听。这首以人类和命运抗争为主题的富有人生哲理的曲子，令他沉醉。自从调到九院，受命原子弹研制，与其说是各种困难在折磨着他，不如说是爱国情怀和责任感在鞭策着他。许鹿希明白，在这艰难的时刻，邓稼先需要给自己增添勇气和力量。音乐，成了邓稼先心灵的按摩器。

1959年下半年，邓稼先作别妻儿，离开北京，前往西部荒凉大漠开始原子弹的研究和试验。

荒凉大漠，成了他们奋斗的战场。

邓稼先感到肩上的担子更重了。他加快了步伐。

经过一番深思熟虑，邓稼先选定中子物理、流体力学和高温高压下的物质性质三个方面作为主攻的方向。这个思路，为我国原子弹理论设计做出了最重要的贡献，可以说是一座里程碑。

理论部的年轻科研人员按照这三个方向，编为三个组。

先后调到九院的近百名来自名牌大学的毕业

生，很多人并不是学物理的，更甭说核物理了。我国大学最早设置核物理专业是在1956年，也就是说，在我国核武器事业起步之时，第一批该专业的大学生都还在校园里，尚未毕业。所以，九院在1958年、1959年调来的大学生所学的专业很杂，物理、数学、冶金、建筑、外文等专业都有。

所以，在确定主攻方向、分别编组的前后，对这些核物理专业之外的大学生必须要有一个入门补课，让他们对核物理专业有一个初步的了解。

起初，邓稼先亲自给大家上课，课程的内容实际上就是邓稼先在美国学的核物理方面的知识。他讲课通俗、清晰、透彻、易懂，大家听得兴趣盎然。有人赞扬说："老邓讲课层层递进，听起来像淙淙泉水流淌，心里明亮极了。"

后来，邓稼先组织大家读书，读《超声速流与冲击波》（柯朗著）、《中子输运理论》（戴维森著）、《爆震原理》（泽尔陀维奇著）以及《原子核反应堆理论纲要》（格拉斯顿著）等专业著作。读书的方法很特别，大家读，大家讲。也就是每读罢一个章节，便有一个人做重点发言，等于是一个小教员，然后众人一起讨论。这样的读书方式，起到了很好的效果。在读书讨论中，大家逐渐形成了一些新的物理思想，收获挺大。

但是，当时的条件非常差，有的专业著作做不到人手一本。比如，柯朗的《超声速流与冲击波》一书原版是英文的，只有一本俄文版本，还是钱三强教授从国外带回来的。他们找遍了北京的所有图书馆，也没有找到第二本，只能自己动手刻蜡版油印。

中子物理组的同志一时找不到现成可用的材料，只能从各方面去想办法。

经过学习、讨论，大家在短暂的停滞之后，常常会有一些突发奇想，仿佛是柳暗花明又一村般的豁然开朗，解决了遇到的一些难题。

邓稼先全面指导三个组的工作，分身参加各组的讨论，并给予指导。此外，他还领导高温高压下的物质性质组的工作，和大家一起工作到深夜。有时，年轻人拉计算尺连眼睛都睁不开了，但是，只要工作没有告一个小段落，往往还要坚持干下去。

从 1960 年开始，邓稼先带领年轻的团队，开始进行大量的计算。除此之外，他自己还要搞一些粗估。

所谓粗估，是在当时的条件下，他们搞科研的一项重要方法。它不拘泥于具体的精确的数字，而是把各种条件结合起来，从理论上估计出一个数量的幅度，而一切工作的进程都必在其间。这要求粗估者必须有较高的学术水平、对物理概念特别清楚。

就像作家的写作有多种方式一样，科学家也有各自的个性特点，还有自己的思维特点。邓稼先对自己用粗估的办法来验证问题颇有信心，甚至也很得意。

此后，他们的工作进入一个齐头并进的繁忙期，一方面是推公式、搞粗估、求近似值，然后再深入一步；另一方面便是进行精确的计算。

那时候，我国的计算机数量实在是太少了，他们使用的工具也实在是太落后。他们一般使用的是手摇计算机。这种手摇计算机大小和西瓜差不多，算乘法正着摇，算除法，就往后倒着摇。最高级的一台计算机是每秒1万次的104机，可是，却也不能想用就用，因为等着使用这台计算机的人实在太多。他们要在分配给他们的那一段时间里，到计算所去才能使用。他们就是用这些简陋的计算机完成了需要的运算。除了计算机，他们还常常靠拉计算尺来计算。

精确计算非常枯燥，要求又极为严格，同样需要在各方面有很高的水平。他们计算的是常人难以想象的大量数字，算完的纸带子和计算机的穿孔带子一扎扎、一捆捆装进麻包，那些麻包从地板一直堆放到天花板，堆满了一屋子。

这些，都是大伙儿不停机日夜三班倒计算出来的记录和成果。

推公式同样是困难的，需要有高理论水平、深刻的洞察力和做学问的灵气。许多年轻人说，推公式实在是让人绞尽脑汁，有时简直让人绝望。有些公式，年轻人在白天没有推出来，邓稼先晚上回到家继续推，第二天早晨往往就拿出结果来了。

邓稼先的办法，是回到家不休息，常常心不在焉地吃了晚饭，然后上床躺着，眼睁睁地望着天花板。有时候眼睛闭上了，其实并没有睡着。除累极打鼾之外，他都是醒着的。他可以一支笔也不用，就凭着脑子背下来的内容去推算公式。

静悄悄的夜晚，无比寂静，像是有着数不清的小精灵，激发着他的灵感，没有任何纷繁的枝权来干扰他的思路。有时，整个白天始终都推不出来的难点，靠着他躺在床上干巴巴地想，双目时闭时开地思考，竟然给推出来了。真的很神奇，静默遥远的星空似乎有着某种非凡的魔力，常常给予他极高的工作效率。

但是，更多的时候，他们要忍受着反复的失败或各种疑问，这些痛苦给他们带来了巨大的精神折磨。

然而，大家都明白，世界上许多所谓的成功，往往都是被"折磨"出来的。

1960年春天，邓稼先和同事遇到了一个难题，需要获得一个关键的参数。这是一个差之毫厘，谬以千里的关键数值。苏联专家以前曾经回答过他们的提问，随口告诉了一个数值。现在，他们需要验证这个参数究竟对不对。可是，计算出来的数值结果，总是与该值对不上。他们加进了各种参数，一次又一次地计算下去，每计算一遍要有几万个网点，每个网点要算七八个参数，每个参数要解五六个方程式，有时还需要替代。

这真是移山填海般的巨大工作量。

但是，无论遇到什么样的困难，都必须把这个重要数值搞准确，否则，工作就无法往下继续，路就不能往前走。他们忍受着疲惫，忍受着焦虑的煎熬，耐心地一遍一遍地计算下去。算完了的计算机穿孔纸带子又堆到了房顶。

大家日夜连轴转，加班是家常便饭，都太疲惫了。有一次，邓稼先给大家讲完一个事，问大家还有什么问题，结果不等回答，他自己站在黑板前睡着了。

即使休息，也只能是打一个盹，醒来仍是工作。但是，无论怎么苦，无论怎么累，大家的心情都是愉快的。

最后的验证，肯定了邓稼先他们所计算出来

的数据。

著名数学家华罗庚曾把他们计算的问题称作是："集世界数学难题之大成。"

1959—1961年，正是我国三年困难时期，食品极度匮乏，他们这些身处尖端领域的科研人员也免不了忍饥挨饿，身体水肿。为了提高士气，邓稼先将岳父许德珩省下来支援他家的那么一点粮票，拿过来作为对大家的奖励，谁的理论计算又快又好，他就奖励给谁几两粮票。能得到几两粮票，是一种最高的奖赏。在当时，用几斤粮票就可以买到十几包饼干。邓稼先有时候就买来饼干，拿出来与同甘共苦的年轻人分享。

邓稼先和大伙儿一起拼命工作了三个年头，取得了相当大的进展，终于拿出了原子弹的理论设计方案。而且，他们在中子物理、爆轰物理、流体力学和状态方程等方面也都有了比较深入的研究。

这样，邓稼先开始着手做关于第一颗原子弹的蓝图报告。

那是一个高规格的报告会。除了著名的老一

邓稼先 功勋泽人间

辈科学家，还有聂荣臻、陈毅、宋任穷、张爱萍等领导同志都听了这个报告。

报告会上，邓稼先激动地说：我向尊敬的科学界老前辈和同志们汇报学习心得……

邓稼先做的这个报告的内容，实际上就是关于原子弹理论设计的框架和构想，最特别的地方是使用铀235做材料，同时采用内爆方式。这与其他四个核大国（美国、苏联、英国、法国）走了完全不同的路。仅从这个框架，内行人也可以明白我国的原子弹研制没有外国人参与，完全是由中国人自己摸索出来的结果，因为，它和其他有核国家的原子弹都不一样。

一位物理学家在听完后，这样评论邓稼先的报告："它具有极高的学术价值，可以说它已经描绘出原子弹的雏形，它在事实上宣布了我国核武器的研制进入决战阶段。"

邓稼先和他带领的年轻人，克服了难以想象的艰难困苦，奋力拼搏，用智慧和汗水，终于叩开了原子弹理论设计的深邃的大门。

终于看到了一线曙光。

1962年9月11日，经罗瑞卿审定，二机部给毛泽东主席和党中央写了一个"两年规划"的报告，提出争取在1964年，最迟在1965年上半年爆炸我国的第一颗原子弹。

军中无戏言，二机部凭什么敢立此军令状？就是因为邓稼先和他的同事们已经拿出了原子弹的设计方案。

1962年11月3日，毛泽东在报告上亲笔批示："很好，照办。要大力协同做好这件工作。"

随即，在中共中央的直接领导下，成立了以周恩来为主任，由7位副总理和7位部长级干部组成的15人中央专门委员会，统一领导全国核工业建设和核武器研制工作。

从这个时候起，我国的核工业建设和核武器研制进入了一个新阶段，也步入了一个快车道，各项工作都加大了前行的步伐。

当然，各项工作的要求也都随之一步一步地更加严格起来。

在中央专委会议上，周恩来总理强调："二机部的工作必须有高度的政治思想性，高度的科学

邓稼先 功勋泽人间

计划性,高度的组织纪律性。"我们的核武器试验要做到"严肃认真,周到细致,稳妥可靠,万无一失",还要"实事求是,循序渐进,坚持不懈,戒骄戒躁"。这是周恩来总理对大家反复强调的要求,也是对核工业建设和核武器研制的悉心关怀,参与研制核武器的科技人员受到了极大的鼓舞。

邓稼先面临着加速和拓宽领域的转变。

刘杰等同志曾在一篇回忆文章中写道:"核武

邓稼先在会议中

器和核工业是当代科学研究的成就和工业技术发展结合的产物，它把科研、工程的生产活动，统一于一个过程。从基础理论研究开始，到科学实验、工程设计、加工制造，前者为后者开辟道路，成为后者的依据和指导，而后者又不断反馈信息，给前者提出新的课题，相互衔接，相互渗透，相互促进，如同接力赛跑，一棒接过一棒向前跑……克服了人为的分割和脱节，创造了一种科研、工程和生产一体化的新体制。"

军工产品刺激着工业水平的发展，工业水平的发展同时也促进了军工产品的不断改进和追求。

核武器研制的新进展，让大家的工作进入了一个新体制。这种新要求改变着邓稼先的工作内容、方式和作风，也改变着他细微的日常生活。

环境变化了，当然会要求环境下的人改变自己，以适应环境。

这个改变是艰难的，也是痛苦的，却是必须的。

或许是压力太大了，需要思考的东西太多，

有人发现，邓稼先会经常愣神。这让大伙儿为他担心，尤其是邓稼先上下班时常骑着自行车。有一天，党委书记忽然对他说："老邓，不行，以后不准你再骑自行车了，你的眼神是直的。"

眼神是直的？邓稼先听了心里一动，似乎并没有意识到自己的变化。他很快就明白了党委书记的意思，随口答道："还不至于，不至于那么厉害，我骑车子的技术可蛮好呢。"

话是这样说，但最怕百密一疏，有一次，邓稼先真的连人带车就掉进了路旁的水沟里，幸亏无大碍。

"原子弹是吓人的，不一定用，既然是吓人的，就早响。"毛泽东主席从战略高度回答了首次核试验的时机选择问题。

1964年10月16日，是一个永远值得纪念的日子。

新疆罗布泊，这块沉寂了1600多年的楼兰古国旧址上，静静地矗立着一座120米高的铁塔。铁塔的顶端托着一个球体。那个球体有个简约的名字，代号596，就是我国自己制造的第一颗原子弹。此刻，有成千上万带着不同任务的人在远远近近的地方观察着它。

围绕这颗原子弹，所有人的心情都异常激动。他们对这个不同寻常的炸弹寄予了希望，寄予了深情，但同时又被它紧紧地揪着心。

从1958年算起，六年多的时光，成千上万人的参与，几乎是举全国之力，为这颗原子弹殚精竭虑，费尽心血，默默奋斗，如今，它就高高地矗立在铁塔上，等待着生命激情的点燃。

远在数千里之外的首都北京，周恩来总理和聂荣臻元帅手执电话筒，聚精会神地听着来自罗布泊试验基地的报告，听着倒计时的声音：十、九、八、七……

激动人心的时刻就要到了。

为了这一刻，邓稼先是"为了这件事死了也值得的人"。六年前，他接受任务时，对妻子表过态。六年来，他把所有的智慧和心血都倾注给了这个即将爆炸的小小的弹体。他和成千上万的战友们，为了这颗小小的弹体，付出的心血、流过的汗水，是常人难以体会的，甚至有人为此献出

邓稼先
功勋泽人间

了宝贵的生命。眼下，成千的部门和几十万人通力合作的心血结晶，即将大放光芒了。

倒计时的每一个数字，都像是一声巨大的滚雷，强烈地震撼着在场的每一个人的心。一向坚信自己的邓稼先，此时紧张到了极点。虽然他满怀信心，因为他们一步一步地扎扎实实地走过来，稍有疑问的地方都不厌其烦地反复论证过、计算过，何况这是经过了冷试验、各种局部试验以及缩小比例的试验，一切都应该有把握的，但是，他还是无比地紧张。毕竟，眼前的一切是崭新和未知的，而未知的东西有着许多未知的变化。他的心仍然被揪紧了。

邓稼先似乎毫无表情地倾听着倒计时的声音，五、四、三、二、一……

下午3时整，起爆零时

中国第一颗原子弹爆炸成功，一朵蘑菇云升空

52

第三章 扬眉吐气——原子弹、氢弹接连爆炸成功

到来了。只见苍穹下一道强光闪过，一个巨大的火球腾空而起，直冲云霄，好像升起了半个太阳。数秒之后，一声天崩地裂般的惊雷震撼长空，惊天动地，气浪奔涌，排山倒海，令人心魄悸动。

所有在场观测的人都被深深地震撼了。许多人张大着嘴，醒不过神来。许多人是在看到那个烟云形成蘑菇状大火球的时候，才突然醒悟过来的，才激动地欢呼雀跃，热泪奔流。

成功了，成功了！

人们举起双手，斜着身子顺势倒在沙坡上，两脚乱蹬着沙石。此刻，一切常规的鼓掌和雀跃都无法抒发胸中兴奋万分的激情了，似乎只有在满地石头的戈壁滩上打滚、狂呼，才能稍微获得一些心理上的满足和情感上的宣泄。

邓稼先什么话都说不出来了。他感到胸中有一股热浪在翻腾，不停地翻腾，什么也想不到了，什么也来不及去想了。六年来的辛劳和煎熬，都随着这颗原子弹爆炸的烟云一起升上了天空，随着那一朵美丽的大蘑菇云，烟消云散于无垠的天空。在巨大的幸福面前，理智终究敌不过情感的

狂潮，滚烫的泪水夺眶而出。

无言的热泪，表达了一切。

周恩来总理听到了那响彻云霄的滚雷般的爆炸声，他在等待着试验结果的报告。

基地总指挥张爱萍将军通过电话，兴奋地向周总理大声报告："原子弹爆炸试验成功了！"

周总理兴奋地说："我代表党中央、毛主席向你们致以热烈的祝贺。我立刻到人民大会堂去。"稍后，细心的周总理又说："原子弹爆炸非同一般，现在我们已经成功，究竟还有没有问题，要再检查核实一下。"

张爱萍将军再次向周总理报告："根据多方面的取样分析，证实确实是核爆炸，很理想，很成功！"

根据周恩来总理的工作日程安排，当天傍晚，他在人民大会堂和其他中央领导人一起，接见大型音乐舞蹈史诗《东方红》的全体演职人员。当周总理满面笑容地走进人民大会堂时，谁都没有料到，他大声地向全体人员首先说的是这样几句话："今天下午3时，我国在西部地区爆炸了一颗原子弹，成功地进行了一次核试验！"

这是一个突如其来的震惊世界的消息。

在场的三千多名文艺工作者听了，先是一阵惊愕，继而反应过来，便是热烈的欢呼，使劲地跺地板。大家都因这个好消息激动得热血沸腾。

周总理微笑着，以手势示意大家安静，但是，欢呼声还是响彻了很长时间。

当日夜间，《人民日报》发了红字报头的号外。号外的通栏大标题是：我国第一颗原子弹爆炸成功。一时间，北京街头人群如潮，争相抢阅号外。

《人民日报》自1948年6月15日创刊，这是首次发号外。至2019年年底，也只发过3个号外。第二个号外是在1978年12月16日，即中国共产党第十一届三中全会的前两天，宣布中国和美国建立外交关系的重大消息。第三个号外是2001年7月13日，宣布了令全球华人激动万分的消息：北京申奥成功。

当日夜间22点，中央人民广播电台在晚间新闻节目中，连续几次播发了《新闻公报》《中华人民共和国政府声明》和《中共中央和国务院热烈祝贺首次核试验的巨大胜利》的贺电。举国欢腾！

这标志着，中国成为世界上继美国、苏联、英国、法国之后，第五个拥有核武器的国家，极大地提高了我国的国际地位和影响力。

我国原子弹的爆炸成功，在国内外产生了巨大的反响。中华民族精神大振，港澳同胞及海外侨胞扬眉吐气。

美籍华人赵浩生教授在国外的报纸上撰文写道："当中国第一颗原子弹试爆成功的新闻传到海外时，中国人的惊喜和自豪是无法形容的。在海外中国人的眼中，那菌状爆炸是中华民族精神的花朵。"

数年前，苏联人曾经说过"中国20年也搞不出原子弹"，包括美国中央情报局在内的有些美国人，也断定中国人自己是不可能搞成原子弹的。然而，中国在很短的时间里就试爆成功了。这不得不说是一个奇迹。

我国爆炸成功第一颗原子弹之后，高空中的

放射性云尘开始向东漂移。漂移的放射性云尘环绕地球，等于是在世界各国面前无声地展示了中国人民的智慧和力量，宣告中国的成功和不可欺侮。

10月17日，放射性云尘飘过日本；10月18日，放射性云尘飘过阿留申群岛；10月19日，放射性云尘飘过太平洋北部上空；10月20日，放射性云尘飘过加拿大和美国西部。就这样，放射性云尘向东一程一程地飘过去了。中华人民共和国的国威也随着那烟云一圈圈地无声地飘过去了。

世界为之震惊。

在国威的较量上，核武器是镇国之宝。有没有它，对于一个国家尤其是对于一个大国来说，会直接影响到军事、政治、经济、文化、内政和外交。有了原子弹，就有了一种看不见的巨大力量。毛泽东曾一语道破天机："原子弹就是这么大的东西，没有那东西，人家就说你不算数。那么好吧，我们就搞一点吧。"

我国第一颗原子弹的爆炸成功，改变了世界形势和中国的地位，其影响之深广超越了国家界限，超越了民族界限，超越了肤色界限，意义难以估量。

许鹿希、邓志典、邓志平、邓昱友在《邓稼先传》中写道：在第一颗原子弹爆炸成功的当天，国外广播：

> 1964年10月16日消息：今天最大的新闻是，在华盛顿时间早上3:00的时候，红色中国在大气层爆炸了一颗原子弹。我们的电磁和声学监听仪器已测知，而且中国已经广播了原子弹爆炸的消息。美国总统约翰逊发表了声明，目的在于平息像印度、日本和澳大利亚那些国家的惊恐……美国总统约翰逊询问，世界各地人们都说些什么？美国情报局局长卡尔·罗温说了各种反应之后，特别说道，斯堪的纳维亚半岛的那些国家在说现在应该接受中国参加联合国。

美国原子能委员会中的情报人员承认中国的第一颗原子弹比美国投在日本广岛的原子弹设计

得更加完善，威力也更大一些。10月20日，他们把以上分析结果报告了美国议会，并且忠告每一位议员，要谨慎地估计中国的力量，直至有更多的了解。

印度总理尼赫鲁认为，中国原子弹势力将严重降低印度在远东的地位。

世界舆论对中国原子弹爆炸成功做出了强烈的反响。香港《新晚报》于1964年10月18日以《石破天惊是此声》为标题，高度评价中国核爆成功，"这是几千年来中国人最值得自豪的一天之一""1964年10月16日这几个字应该用金字记载在中国的历史上"。

新加坡《阵线报》强调：中国核爆炸是改变世界形势的壮举。

1964年11月3日，法国总统蓬皮杜在法国国防机构说，中国第一颗原子弹的爆炸，改变了世界的形势和中国的地位。

中国第一颗原子弹爆炸成功，得到了世界各国人民的同声赞扬，因为在核霸权主义威胁下的各国人民，有着同样的压抑感，他们因中国此举而振奋不已，因中国此举而信心倍增。《爪哇邮报》在社论中说：中国爆炸原子弹成功，对正在斗争中的亚、非、拉人民有很大影响，全世界人民都殷切地希望中国在核试验方面取得辉煌成就，从而导致新的力量均衡。

美国黑种人领袖马尔科姆·艾克斯说："这是20世纪黑色人类最大的一件事。中国核爆，帮助了美国黑种人事业。"

印度尼西亚和平委员会主席拉都阿米拉说得十分透彻："中国掌握的核弹为进步人类所共有。"

…………

中国战略地位的改变，感受最深的还是我国的海外侨胞。他们过去因为祖国贫弱，受到各种有形无形的歧视，甚至是公开的侮辱。当时在南非，种族歧视非常严重，平日坐公交车时，只有白种人可以坐在前排，有色人种（黑种人和黄种人）只能坐在后排。在中国第一颗原子弹爆炸成功之后，一位在南非开饭店的中国老板上车后又坐在了后排，却被司机叫住了，司机对他说："你们中国的原子弹爆炸成功了，你坐到前排来。"

香港湾仔的一位商店老板说："这是所有中国人都值得骄傲的一件事，中国人一向为外国人所小看。"

香港《新闻报》载：中华民族不是次等民族，白种人第一的时代已经过去。

海外在评论中特别提到中国的科学家。《新晚报》报道：法国报纸评论，中国科技人员树立了值得深思的榜样。

香港《大公报》这样评价："这些知识分子以他们一丝不苟、持之以恒的工作，证明了中华民族是不可低估的。"

…………

第一颗原子弹爆炸成功，只是邓稼先其后几十次组织核弹试验的开端。这颗用核材料铀235制成的原子弹，采取内爆式，托在120米高的铁塔上，进行地面塔爆。其威力相当于2万吨三硝基甲苯（TNT）爆炸的威力。

原子弹研制成功，是邓稼先人生旅途上的第一个里程碑。

1985年，邓稼先因"原子弹的突破和武器化"，获得国家科学技术进步奖特等奖。

在取得成功研制原子弹的巨大成就之后，邓稼先和同事们已经处于极度疲劳的状态，但是，他们并没有停下脚步，而是继续往前。

前方等待他们的是什么呢？

仅仅在相隔两年零八个月之后，也就是1967年6月17日，我国第一颗氢弹爆炸成功了。这颗氢弹腾起的巨人蘑菇云，向世界宣布了他们对"前方"不懈努力的胜利成果。

有了对比，就更加倍感自豪和骄傲。从原子弹到氢弹，美国用了七年零四个月，苏联用了四年，英国用了四年零七个月，法国用了八年零六个月。而中国，只用了两年零八个月。

世界再一次被中国震撼。

氢弹与原子弹，有什么区别呢？

氢弹，并不是如人们想象的那样，在制造原子弹的基础上提高一步就行了，或者说是改进的原子弹。

从最基本的科学原理来看，原子弹是靠原子核一连串的裂变，由此释放出巨大的能量，叫作核裂变。氢弹则相反，它是把两个原子核聚合成一个原子核，在聚合的同时释放出巨大的能量，这一反应叫作核聚变。一个是裂变，一个是聚变，也就是说，一个是打碎，另一个是合并，所以，制造原子弹和制造氢弹是完全不同的事情。

那么，为什么要先造原子弹呢？

有人打了一个通俗的比方，点燃香烟要用火柴，点燃氢弹要用原子弹。哦，原来是这样，必须要先造出原子弹，才有可能造出氢弹。

我国原子弹的理论总体设计，实际上用了不到4年就全部完成了。从开始探索到拿出最后的方案，攻关的神速使懂得其中奥秘与原理的人瞠目结舌。

在我国第一颗原子弹爆炸的前一年，即1963年9月，聂荣臻元帅即下达命令，让邓稼先领导的九院理论部中研制原子弹的原班人马，转去承担更高的目标任务——中国第一颗氢弹的理论设计任务。所以，我国第一颗氢弹的代号为639。

邓稼先和同事们马不停蹄，继续攻关。

值得一提的是，在科学技术发达的美国，制

造原子弹，制造氢弹，直至后来制造中子弹，都是不同的科学家在研究，在我国，却是同一批人在连续攻关。

1965年，从中科院原子能所调进了于敏等一批科研骨干力量到九院理论部工作。

说起于敏，应该算是邓稼先惺惺相惜的知心朋友。早在1947年，一个寒冬之夜，在北京大学的校园里，助教邓稼先和学生于敏在未名湖畔相遇，推心置腹谈到深夜，彼此结下了深厚的情谊。谁也没有料到，18年后，他俩再次相聚，两人在核武器研制方面形成的"邓－于方案"，也成了历史佳话，为国家做出了杰出的贡献。

邓稼先领导理论部的科学家们，继续夜以继日地工作，摸索氢弹的理论设计方案。

他们绞尽脑汁，想出了各种点子、奇招和谁也不知道是对还是错的办法，然后从中选择和归纳，再由邓稼先主持，下决定拿出几个初步方案。

科技人员兵分三路，分头在计算机上去实际运算研制氢弹的可能途径。1965年9月，理论部副主任于敏率领的研究组到达上海，利用上海的高性能计算机进行计算和探索。

于敏和几个青年科技人员在上海见到了一束"智慧之光"。这束光显示，他们极有可能就此拽住了研制氢弹的"牛鼻子"。

邓稼先得到这个好消息，立马带人从青海飞抵上海，和于敏汇合，开始了连轴转的紧张工作。夜里，他们多是在机房的地板上和衣而卧，有时干脆就是通宵不睡。他们都被那希望之光激励着、鼓舞着，全神贯注，攻克难关。

邓稼先组织大家分摊难点，寻找解决问题的突破口。忙活一阵子之后，最终形成了一个有充分论证根据的氢弹理论设计方案。这个方案后来被外国人称为研制氢弹的"邓－于理论方案"。

其后，他们又在设计试验、生产试验上，与各地各方面通力合作，以最

青海省海晏县的巨大石碑，上刻：中国第一個核武器研制基地

快的速度完成了氢弹的核试验。

1966年，我国共做了三次核爆试验。5月9日的核试验为氢弹设计提供了重要的实测数据。12月28日，突破氢弹原理的核爆试验成功。在我国核武器研制史上，这是一次极为重要的核试验。用地面塔爆方式，裂变核材料是铀235，热核材料为氘化锂-6，其爆炸威力相当于30万～50万吨普通的TNT炸药。此次试验成功，证明了研制氢弹的"邓-于理论方案"是正确的，解决了自持热核反应、利用原子弹来引爆氢弹、放出巨大能量等一系列要素。

这次试验，为我国第一颗氢弹爆炸成功奠定了基础。

半年之后，即1967年6月17日，我国第一颗氢弹爆炸成功。这颗代号639的氢弹，用飞机空投，其爆炸威力相当于300万吨的普通TNT炸药。使用了铀235、铀238、重氢、锂6等核材料，采用了"裂变－聚变－裂变"型方式。

氢弹在爆炸的刹那间，爆发出金红色的大火球，升腾在罗布泊的上空。它的巨大威力，使得离爆心点 400 米处的钢板熔化，水泥构件的表面瞬间变为玻璃体，14 千米外的砖房被吹散。

那天，当地不明就里的维吾尔族老人说："不得了，新疆出了两个太阳。"

我国又创造了一个奇迹。

研制成功氢弹，是邓稼先人生旅途上的第二个里程碑。

1985 年，邓稼先因"氢弹的突破及武器化"，获得国家科学技术进步奖特等奖。

许多时候，历史像极了一条大地上的河流，虽然归于大海，却并不是一条直线，也有曲折和回旋。

前进的道路并非一帆风顺。

中国核武器的研制也是这样，在第一颗氢弹爆炸之前，"文化大革命"已经极大地影响了国民生产和人民生活，一些国防重要基地也未能幸免。

九院也失去了安定的工作环境。

人们成立了群众组织，分成几派互相斗争，研制氢弹要做的各种工作因此都陷入了停顿。

仿佛一个急刹车。

工作无法再做，科研就此停滞，亢奋的人们深陷其中。邓稼先看在眼里，急在心里。他为这些运动影响国家的核武器事业而焦心，眼看着就要成功了，怎能就此功亏一篑呢？

寝食难安的邓稼先挺身而出，苦口婆心地去说服对立的两派群众组织，要大家携起手来为制造氢弹出力。他说："要加快速度，我国的第一颗氢弹要抢在法国人之前爆炸，这是周总理同意的。"

这是唯一能打动具有爱国热情的群众的最好理由。

令人欣慰的是，邓稼先的话还真管用，有效果。其实还有另外一个原因，邓稼先在工人群众中、在科技人员和干部中，都有着很好的威望。大家信服他，尊敬他。

于是，人们在混乱中搞起了科研，并且把"抢在法国人之前爆炸第一颗氢弹"当成了奋进的口号。

能让对立的两派人在科研工作上配合到一

起，是多么困难的一件事。但是，邓稼先做到了。他们克服各种困难，不顾一切地忙碌着，在极其艰难的环境里取得了显著的成果，保证了第一颗氢弹顺利爆炸成功。

随着运动的不断深入，厄运开始降临到这些研制核武器的功臣们身上。

这些尖端研究院的高级专家和科研人员，曾经的保护对象，却被集中到青海221基地，办起了所谓的"学习班"。

学习什么？"学习班"不过是一个借口，目的是深挖、批斗。

因为在核武器小试验中，有三次在技术上没有测得预估指标，有人便一口咬定，这是理论部的反动学术权威在作祟，或者说，干脆就是有反革命分子在搞破坏。

搞科研，做试验，哪有不失败的道理呢？或者说，没有失败哪来的成功？"失败是成功之母"，况且，只是科研人员没有测得预估的指标。

一些不明就里的工人群众被组织起来，批斗和围攻这些专家。邓稼先作为理论部领导，自然成了首当其冲的对象。他们敲着桌子，冲着邓稼先咆哮："理论部冰冻三尺非一日之寒！"

真是可笑和愚昧。

被办了"学习班"的科学家们，自由的圈子一步一步地在缩小，只能被迫接受学习，接受批判。有一段时间，他们只能待在指定的房子里，不能随便出去。看管最严的时候，门外有人把守，吃饭由别人送进去，甚至连上厕所都有人盯着。

这些有良知的科学家们，不愿意说违心的话，虽然那样做自己就有可能会解脱。大家都明白，比自己生命还要重要的国家核事业，那些好同事，不能因为自己的一句违心的话而被毁掉。

邓稼先和于敏等人，天天在商量对策，一方面，他们要实事求是，在技术问题上毫不改口，在关键之处绝不退让。另一方面，在小问题上又采取灵活的态度，在与核武器设计无关的小变动上，可以满足那些人的要求。

邓稼先不顾自身危难，向工人群众反复讲明核试验的意义，讲明每次小的试验，都有可能成功，也有可能不成功，科学试验是允许失败的，失败了找到原因再改进，这样才能成功，才能前进，才能不断地提高。

邓稼先反复地讲，不厌其烦地讲。他的坦率，他忠诚于事业的胸怀，终于打动了一些人，使他们转变了态度。群众组织原先只是一味地对科学家们进行围攻和批判，现在，允许科学家们同时进行科学试验和"办学习班"。

但是，形势还是越来越严峻。九院许多立过大功的科学家蒙冤被整。

"学习班"办了好几个月，迟迟不能结束，而且出现了让人意想不到的恶果……而最终还会出现什么样的后果，谁都无法想象。

这些科学家们经受着被迫害的危难时刻。

邓稼先的性格有着坚韧的一面，一旦打击过去，很快便能一如既往，恢复常态。他从不灰心，只要环境略有改善，便去争取实现他的工作计划，向着既定的目标前进。他会用一切办法补救挫折带来的损失。但是现在，他只能抗争，等待，等待形势的好转。

1971年夏天，邓稼先等人的处境越来越险恶。情况万分危急。

没想到的是，关键时刻，杨振宁救了邓稼先。

事情就是如此凑巧，或者说是缘分。那年夏天，中美两国还没有建立外交关系，仍然处于敌对状态，著名美籍物理学家、诺贝尔奖获得者杨振宁，历尽曲折，从美国回到中国大陆探亲访问。

杨振宁是何许人也？

美国物理学家、诺贝尔奖获得者赛格瑞推崇杨振宁是"全世界几十年来可以算为全才的三个理论物理学家之一"。世界闻名的理论物理学家戴森，直接推崇杨振宁是继爱因斯坦和狄拉克之后，为20世纪物理学树立风格的一代大师。1994年，美国富兰克林学会向杨振宁颁授"鲍尔奖"，明确指出，杨振宁先生关于规范场所建立的理论模型，"已经排列在牛顿、麦克斯韦和爱因斯坦的工作之列，并肯定会对未来几代人产生相类似的影响。"

1957年，杨振宁与李政道一同获得诺贝尔物理学奖。

虽然是美国人把杨振宁送上了领奖台，但

是，杨振宁在发表获奖感言时，这样说道："我深深察觉到一桩事实：在广义上说，我是中华文化和西方文化的产物，既是双方和谐的产物，又是双方冲突的产物，我愿意说我既以我的中国传统为骄傲，同样地，我又专心致力于现代科学。"

那个年代，中国正被西方所制裁和封锁，那个场合，世界为之瞩目，杨振宁说出了"以我的中国传统而骄傲"，实在不是一句简单的话，这令华夏儿女感到自豪。

所以说，杨振宁是一位有家国情怀的科学家。他获得诺贝尔奖后，首先想到的是"帮助改变中国人自觉不如人的心理"。

1970年，日本在所谓的《日美安全保障条约》下，肆意侵占我国钓鱼岛。杨振宁冲到美国参议院的听证会上，义正词严地从历史、地理多个角度陈述事实——钓鱼岛是中国的领土。他因此和陈省身一起，被称为保钓运动的精神导师。

杨振宁就是这样一位有胆有识的科学家。

杨振宁到北京后，点名想见到的第一个人，就是邓稼先。

邓稼先

功勋泽人间

杨振宁为何如此迫切地要见到邓稼先呢？他与邓稼先有着怎样的人生渊源？

暂且不去追问这些，首先让接待人员困惑的是，邓稼先在哪里？

有关人员费尽周折寻找，结果皆茫然。没有人能说得清楚邓稼先在哪里，当然，更不知道那个"学习班"的恶劣情况。

找不到邓稼先，只好向上级报告。报告一直

1971年拍摄于北京友谊宾馆
左起：邓稼先、王承书、杨振宁、张文裕

报到了周恩来总理那里。周总理亲自出面，通过多个途径，才找到正在"学习班"的邓稼先，立刻向他下达指令：迅速回北京见客。

仿佛是冥冥之中一种缘分，杨振宁的出现，在客观上帮助了邓稼先，也帮助了中国的核武器事业。

那么，杨振宁与邓稼先，究竟有着怎样的人生渊源呢？

第四章

报国之路
从西南联大到普渡大学

故事要从邓稼先和杨振宁的父辈友谊讲起。

安徽省怀宁县五横乡白麟坂村,有一处非常著名的"铁砚山房",是清代书法大家邓石如的故居。从 2005 年开始,这里划归安庆市宜秀区管辖。

铁砚山房,安徽省重点文物保护单位

白麟坂村位于安庆市北门20余千米,南依大龙山,北有赤龟山,东有凤凰河,西有白麟山,为四灵集贤之地,故称"四灵山水",又称"龙山凤水"。

"铁砚山房"原为邓石如的祖父邓士沅于清代康熙中期所建造。立于"铁砚山房",视野开阔,平畴万顷,风景幽美,满目皆是诗情画意。春天的油菜花、桃花、杏花、李花,争奇斗艳,让莽莽绿野愈发娇媚。尤其是在天高云淡的夏秋之际,金灿灿的稻子像是铺到了天边,微风过处,金浪翻滚。邓家旧居曾有副对联:"绿蒲水暖鱼儿戏,红杏花明燕子归。"正是对这山村美景的一种真实写照。

邓琰,字石如(1743—1805),一生游历天下名山大川,到处寻师访友,擅长四体书,在篆、隶、楷及篆刻领域有较高成就。篆刻方面开创皖中的邓派,为清代碑学巨擘。人称其"隶从篆入,篆从隶出",视为神品,对后世书法和篆刻艺术的发展产生了深远的影响。

邓石如虽然贫困,却不失其志,其生性廉

洁，以书刻自给，不求闻达，不慕荣华，始终保持着布衣本色。他曾刻一方石印"胸有方心，身无媚骨"，来表达他一身傲骨、不向权贵折腰的志气。

邓石如曾在武昌湖广总督毕源节署里做了三年幕宾，于乾隆五十九年（1794年）辞别还乡。辞行前，毕源请江南有名的铁匠精心打造了铁砚一方，交到了邓石如的手上，说："先生常说携一砚可以云游四方，然而普通石砚不过一两年就被先生磨穿，今天我赠先生铁砚一方，必能存世。"

邓石如携铁砚回到乡里，于次年扩建了山房，便以铁砚名其居——铁砚山房，手书匾额悬于门首。

从此，"铁砚山房"闻名于世。

据《怀宁县志》记载，"铁砚山房"为徽派建筑风格，砖木结构、两层阁楼式建筑，古朴典雅。其正屋九进，加厢房共60余间，内设"守艺堂""天极阁""抱翠楼"等。屋内，有古今名人如李兆洛、曾国藩、何绍荃等题写的匾额、楹联和字画。屋前有荷花池，屋后有花园。花园里竹树环合，绿荫葱茏。到了同治六年（1867年），邓石如的儿子邓传密对山房进行了重修和扩建。

如今留存下来的铁砚山房，占地近2000平方米，建筑面积945平方米，只有三进。第一进为门厅，第二进正厅名为"守艺堂"，第三进名为"燕誉居"。

铁砚山房蕴含着极其深厚的文化底蕴，具有浓郁的书香气息、丰富的精神内涵，更是传承历史文化、弘扬爱国主义、展示民族精神的重要载体。

邓氏家族自邓石如开始，代代学有成就，名人辈出，先后有晚清时期的书画家邓传密，清末教育家邓艺孙，现代教育家邓季宣，现代美学、美术史学家邓以蛰。

1924年6月25日，农历五月十九，邓石如的六世孙——邓稼先诞生在著名的"铁砚山房"。

邓稼先的父亲邓以蛰（1892—1973），字叔存，少年时在家乡私塾读书。1907年，邓以蛰16岁，东渡日本学习日语。1911年归国，担任过日文教员、安徽省首任图书馆馆长。1917年，邓以

邓稼先

功勋泽人间

邓稼先出生地

蛰再次留学，赴美国哥伦比亚大学攻读哲学、美学。1923年回国，被聘为北京大学哲学系教授。从那时起，邓以蛰开始发表文章，涉及诗歌、戏剧、美术、音乐等，常与鲁迅、徐志摩、朱光潜、闻一多、张奚若、陶孟和、金岳霖、刘九庵、钱锺书等人交往，成为五四新文化运动的拥护者和新艺术思想的传播者。

1928年，邓以蛰出版文集《艺术家的难关》。这是一本提倡新文艺的著作，其基本的立足点是黑格尔美学，认为艺术是超出自然的绝对境界、理想境界的表现，不同意把艺术视为对自然的模仿，强调艺术要鼓励鞭策人类的感情，而不要沦落为仅使人感官愉快的东西。此外，他还倡导艺术对社会人生的作用，倡导民众的艺术。也是在这一年，他转至清华大学任教，不再专注于文艺评论，也潜心于对中国书画美学的研究，先后写了《书法之欣赏》《画理探微》《六法通诠》等论文和著作。

邓以蛰和朱光潜、宗白华并列为中国现代美学的奠基者，有"南宗北邓"之称。

邓以蛰将画史与画学、书史与书学紧密联系起来研究，对中国书画理论作现代性学术研究，提出了中国书画历来就有着相当完整和系统的美学理论，其美学思想中融汇了西方美学思想的超功利原则，在我国现代美学史上有着重要的地位。

邓以蛰一生执教，对后学和青年一代循循善诱、诲人不倦。他一生淡泊名利，从不以权威自居。1962年，他把家中珍藏的邓石如的大量书法篆刻作品，捐献给了北京故宫博物院，受到国家文化部的嘉奖。

邓稼先

功勋泽人间

这是一个非凡的书香世家。

邓稼先8个月大时，邓以蛰将妻子王淑蠲和儿女们接到了北京定居。

邓以蛰为何给儿子取名稼先呢？朱熹在《诗集传》中说："禾者，谷连蒿秸之总名，禾之秀实而在野曰稼。"邓以蛰给长子取名稼先，是希望他的一生诚实、敦敏，成为有用之才。

刚满5岁，邓稼先进了离家很近的北平西城武定侯胡同小学，读一年级。课余，邓以蛰又让他去私塾陆老先生的家馆中借读，还请私塾王老先生教孩子们读《左传》《论语》《诗经》《尔雅》等。邓以蛰也常常亲自听邓稼先背诵这些古书，检查他的学业。

有一次，挚友张奚若来访，正碰上邓稼先穿着一件齐地长袍站在那里背书。张奚若觉得奇怪，顺口问道："叔存兄，现在是什么时候了，你还让孩子背这些

邓稼先5岁开始上小学时

东西。"邓以蛰教授却有着自己的眼光,笑着回答他:"嗨,我不过是要让小孩子知道一下,我们中国文化里都有些什么东西,这有好处。"

贯通中西文化的邓以蛰,当然知道传统文化对一个孩子的重要性。

邓稼先在父亲的严教下,读四书五经,也读外国文学名著。上小学时,他就读过莫泊桑、屠格涅夫、陀思妥耶夫斯基等名家的小说。邓以蛰对他的英文学习要求也极为严格,亲自当他的启蒙老师,指点正确的学习方法,给他打下了良好的基础。

但是,邓以蛰的教授并不用孔孟伦常的严规厉矩来束缚孩子们的心性。他在国外时,就曾在给夫人的信中写道:"我们是小孩子的亲爱的父母,并不是他们的阎王。"

邓稼先聪明、活泼、爱玩耍。他放风筝、抖空竹的

邓以蛰(1892—1973)和夫人王淑蠲(1894—1964),1959年拍摄于北京大学朗润园

邓稼先 功勋泽人间

技术在同学中技高一筹。一般的空竹不过瘾，他就拿带把儿的茶壶盖、茶碗盖来玩，什么奇形怪状的东西都难不倒他。俗话说"三岁看大"，从这里也可以看出邓稼先的聪慧和才能。

邓稼先还特别喜欢弹玻璃球，弹玻璃球要算好角度，指头要有技巧。他弹玻璃球总是又稳又准。

1935年，邓稼先考入北平志成中学，念了一年，初二时插班转到了崇德中学。

崇德中学是一所教会学校，注重英文教育。巧的是，杨振宁也在这所学校，比他高两级。邓稼先在数学、物理方面得到了杨振宁的帮助，这激发了他对理科的兴趣，他尤其喜欢数学，每天晚上做题都做到深夜。

1922年10月1日，杨振宁出生于安徽省肥西县，其父杨武之从美国留学回国后，也在清华大学任教。邓以蛰和杨武之是同

邓稼先在北平读初中时

乡，又是同事，有着相同的学习、工作经历，因此交情甚笃。杨振宁随父母到北京生活读书。因此，邓以蛰和杨武之的友谊，自然而然就延续到了孩子们的身上。

在崇德中学，邓稼先和杨振宁很快成为形影不离的好朋友。

那是他们长达半个多世纪兄弟情谊的肇始。

杨振宁是同学们公认的"机灵鬼"，邓稼先则以待人忠厚赢得了"邓老憨"的绰号。他们爱在一起看书，一起讨论问题，也常常成为足球场上的好搭档。除了共同爱好花样滑冰，杨振宁还酷爱艺术，尤其酷爱音乐。这两个情投意合的少年校友，自那时起，就树立起了人生的远大理想。

那时候，邓稼先对书中一些做人的道理有了自己的理解。他对弟弟邓櫆先说："屠格涅夫的《罗婷》里有一句话，'不要做言语的巨人，行动的矮子'，这句话说得真好。"

邓稼先像一株小树苗，蓬勃向上，健康地成长着。

然而世事多变，就在邓稼先对人生和社会开始有了自己的认识之时，震惊中外的七七事变爆发了，日本帝国主义发动了对中国的全面侵略战争。邓稼先和同学们一样，平静的读书生活被打乱了。

日寇的入侵，让邓稼先感到屈辱和愤怒。他仿佛在一夜之间就长大了许多，国家的命运和前途，成为他和同学们谈论最多的话题。

唐代浪漫主义诗人李贺说：少年心事当拿云。从此，忧国忧民、拯救国家、希望祖国强大，成为少年邓稼先心中最大的"心事"。

1937 年七七事变爆发后，清华大学和北京大学迫于形势，迁往大后方云南昆明。邓以蛰因患重病，全家滞留在沦陷后的北平。邓以蛰没有了薪水，家庭生活一落千丈。杨振宁则跟随母亲返回安徽肥西老家，以躲避战乱。

邓稼先和杨振宁这一对好朋友只得暂时分开了。这一别，两人心中都不舍，何时才能相见，心中皆是茫然。

日寇占领下的北平，让中国老百姓受尽了

屈辱。

日本军部规定，凡是中国老百姓从日寇哨兵面前走过，都要向其鞠躬行礼。这个污辱中国人的无耻规定，让血气方刚的邓稼先感到莫大的屈辱。他的心中燃烧着怒火，宁肯绕道走很多冤枉路，也不愿意屈膝做这种事。少年邓稼先有自己的人格和尊严，绝不能被侵略者任意玷污。

国家不幸，让邓稼先过早地成熟了，过早地有了人生的抱负。日寇的入侵，更加激发了他的爱国热情。他和同学们思考与讨论最多的问题是拿什么拯救自己的国家，自己能为国家做什么。

如此沉重的命题，让这些十三四岁的少年难以承受，唯有发愤读书，学习知识，掌握本领，长大以后才能报效国家，让祖国强大起来，再也不受外强的欺侮。

心中有了理想的明灯，便有了不竭的动力，邓稼先愈加发愤学习，成绩在班上名列前茅。

高中一年级时，邓稼先已经能看外文小说。读的书越多，他的思想就越活跃。他和一群思想进步的同学常常聚会，彼此激励，议论天下大事。

在那严酷的令人窒息的环境里,这成为他们心中一团不灭的希望之火。

知子莫如父,从邓稼先言行的点点滴滴,邓以蛰看得很清楚,他为儿子能有这样的思想和骨气感到欣慰,却又暗自为儿子担忧,害怕儿子会发生什么意外。邓稼先的母亲王淑蠲信佛,烧香念佛的时候,不免暗中祈祷,期盼儿子稼先平安无事。

国破山河碎,他们只能小心翼翼地度过那黑暗的时日。但是,邓以蛰夫妇最担心的事情还是发生了。

1939 年 9 月,崇德中学停办。邓稼先只好重新回到志成中学,读高中二年级。那个时候,日寇每占领我国一个城市,都要逼着老百姓和学生开会游行,庆祝他们的胜利。我们的城市沦陷了,还要我们去庆祝,这就像我们被打了,还要反过来向打人者致谢一样令人感到屈辱。但是,铁蹄之下,人们敢怒不敢言,民族仇恨却与日俱增。

有一次,又被逼着开这样的会,邓稼先胸中一直升腾着的仇恨的怒火,再也无法忍耐了。会后，他三把两把就将手里的小纸旗扯得稀碎，扔在了地上，还不解气，又狠狠地踩上几脚。

邓稼先扔旗子的事，终于被人向志成中学校长提了出来。校长敷衍说："我们学校的学生绝不会干这样的事。"

其实，那个时候的邓稼先经常参加北平学生联合会和进步青年组织的聚会，就在这之前的两天，他还秘密去护理被反动军警打伤的"抗日救亡宣传团"的伤员。这位富有正义感的志成中学校长对自己的学生了如指掌，也只能暗暗保护。但是，现在有人盯上了邓稼先，他害怕性格刚烈的邓稼先会落入日寇之手。

志成中学校长匆匆来到邓宅，向邓以蛰建议说："邓先生，邓稼先的事早晚会被人密报的，这样下去怕是太危险了，想个办法赶快让他走吧。"

事已至此，似乎也只有走这一条路了。

1940年5月，春夏之交，邓以蛰想让大姐邓仲先带着弟弟邓稼先到大后方昆明去。从北平到昆明，千里迢迢，还要绕道异国他乡，艰难可想而知。犹豫再三，邓以蛰还是决定让邓稼先成行。那时的昆明不仅是抗战的大后方，还有南迁的国立西南联合大学，有他许多的老朋友。邓稼先的朋友杨振宁也在那里读大学。邓稼先只有到了昆明，他才能放心。

离开北平的头天晚上，邓以蛰对儿子说："稼儿，以后你一定要学科学，不要像我这样，不要学文。学科学对国家有用。"

邓以蛰凭着个人的生活经验，表达了自己的爱国愿望。

父亲的这几句临别赠言，邓稼先牢牢记在了心里，记了一辈子。

邓稼先和大姐邓仲先一起，跟随另外两位教授的夫人及孩子，悄然乘船南下。在父亲的老友胡适等人的帮助下，他们从天津绕道上海、香港、越南，一路曲折，终于在1940年盛夏到达昆明。

初到昆明，7月至9月，邓稼先在昆明升学补习班学习。

10月，大姐将邓稼先送到了四川江津，去投奔四叔邓季宣。邓季宣曾留学法国，当时在江津国立第九中学担任校长。高中尚没读完的邓稼先插班上了江津九中高三。

1941年夏，高中毕业的邓稼先到重庆去考大学。

他到达重庆的那天，正碰上日本飞机的大轰炸。他走在临江的山路上，一时之间无处躲藏，只好紧贴石壁避开炸弹。他眼睁睁地看着日本飞机投下的炸弹一颗颗落到对岸的屋群里，大火升腾，浓烟滚滚。头顶上的敌机呼啸着，像一头头发疯的野兽，肆无忌惮地横冲直撞，狂轰滥炸。邓稼先和许多来不及躲闪的路人，就那样面对大江，等待着狂轰滥炸的结束。

一颗炸弹在离他们很近的江面上炸开了，水柱冲天而起，江水就洒在他们的身上。想来令人后怕，这颗炸弹如果再偏过来那么一点点，他们就全完了。

这一场突如其来、自天而降的大轰炸，让邓稼先深深感到，即使在大后方也并不安全。一个积弱多重、正遭受外强侵略的国家，哪里还会有什么安全的地方呢？

秋天，考试结果出来了，邓稼先被国立西南

联合大学物理系录取。那年，他17岁。

国立西南联合大学（简称"西南联大"）是由国立北京大学、国立清华大学和私立南开大学南迁后合并办起来的一所学校。这是那个时代的产物。残酷血腥的战火，让大学生的课桌变得流离颠沛。这三所高校于1938年10月艰难地迁至湖南长沙，次年又西迁至昆明。首批率队南迁的闻一多教授，和其他师生一起，带着沉重的教学设备，历时数月，风尘仆仆，更是从长沙一路步行至昆明。

西南联大校舍简陋，条件极为有限，却聚集了诸多著名教授，教学质量非常之高。特别是物理系，更是名师荟萃。邓稼先的大姐夫、知名教授郑华炽当时也在西南联大物理系执教，并于1944年年初接任了物理系主任一职。郑华炽教授与吴大猷合作测试拉曼效应的工作，曾经受到哥本哈根学派创始人玻尔的赞赏。

让邓稼先兴奋的是，杨振宁已是西南联合大学物理系三年级的学生。几年前，杨振宁随母亲回到老家安徽肥西后，因为战火，只能再次逃难,最后辗转抵达昆明。杨振宁在昆明读了高中二年级,以高二学历参加了高考,顺利地被西南联大录取。他先是遵父命报了化学系,后又改成了物理系。

这两个好朋友,在昆明相聚了。两人志同道合,都在物理系,交流的机会更多了。

他们牢记西南联大的校训"刚毅坚卓",他们每天唱着慷慨激昂的校歌:

万里长征,辞却了五朝宫阙,暂驻足衡山湘水,又成离别。绝徼移栽桢干质,九州遍洒黎元血。尽笳吹,弦诵在山城,情弥切。

千秋耻,终当雪。中兴业,须人杰。便一城三户,壮怀难折。多难殷忧新国运,动心忍性希前哲。待驱除仇寇,复神京,还燕碣。

这支校歌诞生于抗日烽火燃烧之时,描述西南联大在艰苦卓绝的环境中,"刚毅坚卓",不懈奋斗,高举理想主义大旗,坚持、坚守。他们每唱一遍,都被一种悲壮、豪迈、坚强的气势鼓舞着、激励着，心中更加充满了奋进生发的力量。

虽然是抗战的后方，但是受战火影响，西南联大的学生生活仍然是穷苦不堪。在学校的激励和名师的指导下，邓稼先十分用功，刻苦学习，关注政治，从一个纯朴读书上进的爱国少年，渐渐成长为具有革命民主主义思想的爱国青年。

邓稼先与杨振宁每天见面。他俩在一起切磋学业，交流心得，畅谈知心话。那时候的西南联大，跑警报成了师生们的主要生活内容。每当空袭警报响起，师生们便纷纷奔向郊外的防空洞。

战争打乱了西南联大的正常教学秩序，却给邓稼先和杨振宁创造了更多相依相伴的机会。这两个未来的科学巨星，在日本飞机的狂轰滥炸中，继续着那光彩夺目的复杂的原子世界的话题。

有一次，他俩得到一本新书——《人类对原子世界的新探索》，如获至宝。争相阅读完，都做了读书笔记，然后交流读书心得。

在西南联大，邓稼先和杨振宁还经常在一起背诵古诗。一个人拿书对照着看，听另一个人的背诵。他俩最喜欢的一首诗是唐代李华的《吊古战场文》：

> 浩浩乎，平沙无垠，敻（xiòng）不见人。河水萦带，群山纠纷。黯兮惨悴，风悲日曛。蓬断草枯，凛若霜晨。鸟飞不下，兽铤亡群。亭长告余曰："此古战场也，常覆三军。往往鬼哭，天阴则闻。"
>
> …………

古诗文如春风雨露、日月光华，塑造着他们的筋骨和灵魂。他们一起茁壮成长，昂扬向上，向往着生命的远方。

在西南联大，杨振宁读完了本科和研究生，获得清华大学硕士学位，邓稼先读完了本科。他们毕业的那一年，大事频频发生，世界格局发生了根本性的改变。

1945 年 8 月 6 日，美国在日本广岛投下了一颗代号为"小男孩"的原子弹。这颗原子弹长仅 3 米，直径约 0.7 米，但是其爆炸产生的冲击波，立刻将广岛的建筑物全部摧毁，瞬间造成 20 多万人死伤。

三天后，即8月9日，美国将另外一颗代号为"胖子"的原子弹投到了日本长崎，长崎如广岛一样，也遭受到了毁灭性的打击。

这两颗原子弹的巨大威力，令世界震惊。它彻底摧毁了日本侵略者的意志，加速了日本的战败。1945年8月15日，日本政府宣布无条件投降。中国人民历时14年的抗日战争终于取得了最后的胜利。

这两颗原子弹的爆炸，让物理专业的邓稼先、杨振宁受到了更大的震撼和触动，这是科学的巨大力量。邓稼先在听到原子弹爆炸消息的那一刻，一定会想到自己离开北平前往昆明的那天晚上，父亲对他的临别赠言：以后你一定要学科学，学科学对国家有用。

那一年，杨振宁考取了公费留学美国的资格，前往芝加哥大学攻读博士学位。邓稼先在昆明培文中学和文正中学当数学教员，等待机会返回北平。

为了学业，邓稼先和杨振宁再一次拥抱分

别。这一次，他们中间隔了太平洋，真正是天各一方了。

目送杨振宁的背影，邓稼先真的不知道什么时候才能再相见，不觉戚然。

邓稼先在昆明教了　年书，1946年初夏，终于回到了阔别六年的北平城。此时，22岁的邓稼先已受聘担任北京大学物理系助教。

这个消息令他喜出望外，产生了"漫卷诗书喜欲狂"的感觉。

他用自己一个月的工资，给父亲买了两坛茅台酒、两条上等香烟。因为没有别的东西好买，他带给母亲的只有一颗日夜思念的赤子之心。

回到家里，他激动地紧紧拥抱着母亲。母亲的身体比从前更瘦弱了，看见儿子，激动得热泪盈盈。

也就在这一年，许鹿希考入了北京大学医学院。

在北京大学做助教，邓稼先遇到了两个对他来说非常重要的学生。一个是许鹿希。邓稼先教过她物理实验课。师生之间留下了良好的印象。

邓稼先 功勋泽人间

邓稼先、许鹿希，1953年拍摄于北京

许鹿希从医学院毕业后，两人结为夫妻。

另一个学生是于敏。那时，于敏已从化学系转到了物理系。1947年秋的一个晚上，天已经有了凉意。邓稼先在校园漫步，无意中碰到了物理系二年级的学生于敏。他们本来并不相识，但三言两语一聊就觉得很投机，从物理、数学到社会人情，一直到古诗，无所不谈。两个人站在水池旁边，竟然不知不觉聊到了深夜。有一种惺惺相惜、相见恨晚的感觉。

时隔二十年，他俩殊途同归，竟在核武器研制上合作提出了"邓－于理论方案"，为中国氢弹的研制成功在理论设计上做出了杰出贡献。

然而，抗战的胜利并没有给中国带来和平安定的环境，蒋介石摘取了胜利果实，国民党军队开始向解放区大举进攻，内战开始了。

邓稼先亲眼看到国民党政府的腐败，通货膨胀，老百姓处于水深火热之中，许多大中学生因为无钱交学费，面临失学的危险。在全国范围内，学生们相继开展了大规模"反饥饿、反内战"的斗争。邓稼先积极参加北平学生运动，并且在北京大学讲助会里勤恳忠诚地工作。此时的邓稼先，少了在昆明时的血气方刚，变得沉稳了，政治上也比较成熟了。

邓稼先读了毛泽东的《新民主主义论》等许多著作，从中受到深刻的启发和教育，坚信中国共产党领导的人民解放事业定会成功，一个崭新的中国必将诞生。

当年被迫离开北平时，他一直记着父亲的嘱咐："以后你一定要学科学，学科学对国家有用。"现在，他更加意识到"建设国家需要人才"。因此，他要将自己的所学，奉献给新中国。

邓稼先

功勋泽人间

邓稼先一边辛勤地做助教，一边更加勤奋地学习，着手准备到美国留学的考试。他记挂着在大洋彼岸留学的杨振宁。杨振宁走在他的前面，走出了一个不懈追求的榜样。他明白，国家需要世界前沿的科学技术。

1947年，邓稼先顺利通过了赴美研究生的考试。

在赴美读书之前，他征求杨振宁的意见，到哪所大学较为合适。杨振宁给他回信，建议他到普渡大学去。因为普渡大学收费低廉，理工科水平却很高，离芝加哥大学又近。

邓稼先很满意。于是，杨振宁帮助他申请到了普渡大学博士研究生的入学许可，使得邓稼先得以顺利成行。

1948年金秋10月，邓稼先和杨振宁的弟弟杨振平结伴而行，从上海乘船前往美国。

杨振宁已经为弟弟申请到了美国布朗大学的半额奖学金，正好邓稼先要去美国读博士，于是两人相约一起登上了"哥顿将军号"客货轮。

船行于浩瀚的太平洋上，天空澄澈，海水蔚

蓝，世界一下子变得辽阔而壮丽。邓稼先的心情也跟着好起来。他站在甲板上，望着无垠的海洋，心潮也像眼前的浪花一样起起伏伏。他想起中共地下党员袁永厚对他说过的话，新中国的诞生不会是很遥远的事情，天快亮了。

袁永厚对他的思想帮助很大，希望他留在北平城迎接解放，继续发挥骨干作用。邓稼先说："将来祖国建设需要人才，我学成一定回来。"

普渡大学位于芝加哥南约100英里（约160千米）的小城拉菲亚得。那里很久以前曾是普来利冰河流经的地方，是古老的不毛之地，后来变成一片草原，树木少得可怜。到了冬天，房顶和地面常常积压着厚厚的白雪。

这荒漠般的环境，邓稼先却暗自喜欢，觉得它可以让自己收心、静心，不为外界所惑，以便集中精力刻苦攻读。

在邓稼先入学时，普渡大学已有72年的历史。虽然不是美国最有名的学校，但是水平很高。我国过去就有"清华认麻省，交大认普渡"的说法。而普渡大学物理系，知名度就更大一些。

入学之后，邓稼先强烈感觉到，国民党统治时期的中国科技水平与美国有着难以想象的差距。残酷的现实再一次刺伤了邓稼先的民族自尊心。中国的科技太落后了，他更加下功夫读书了。

初到普渡大学，邓稼先是一名自费生，生活很拮据，只能经常去吃最简单的饭菜，一般是几片面包，一点香肠。他必须计划着吃，什么时候有饭有菜，什么时候只有面包就行了。即便如此，他偶尔也要饿上一顿。

过了一段时间，邓稼先各门功课的考试都达到了85分以上，过了标准分数线，他因此获得了奖学金，生活便得到了改善，再也不用发愁吃饭的问题了，每餐都可以吃饱。

1948年，冯友兰教授寄信给在美国的儿子，信中写道："现在朋友中的子弟出国成绩最好的是杨振宁，他不但成绩好，而且能省下钱帮助他家用，又把杨振平也叫去了，又帮助邓稼先的费用……"

冯友兰教授曾任国立西南联合大学文学院院长，与杨武之、邓以蛰两家都熟。这封信证实了杨振宁对邓稼先的帮助。邓稼先也曾多次对许鹿希说过："杨振宁对我们家，是两代的恩情啊。"

第二年暑假，邓稼先来到芝加哥大学，与杨振宁团聚，杨振平也赶来了。这三个意气风发的年轻人，同住在刚刚租来的一间房子里，自己动手煮饭，一起游泳、聊天，一同打墙球、弹玻璃球，重温儿时的美妙时光。这是他们在美国玩得最尽兴也是时间最久的一次聚会。那年，杨振宁27岁，邓稼先25岁，杨振平19岁。

杨振宁不失时机地拍下了那难得的瞬间，留

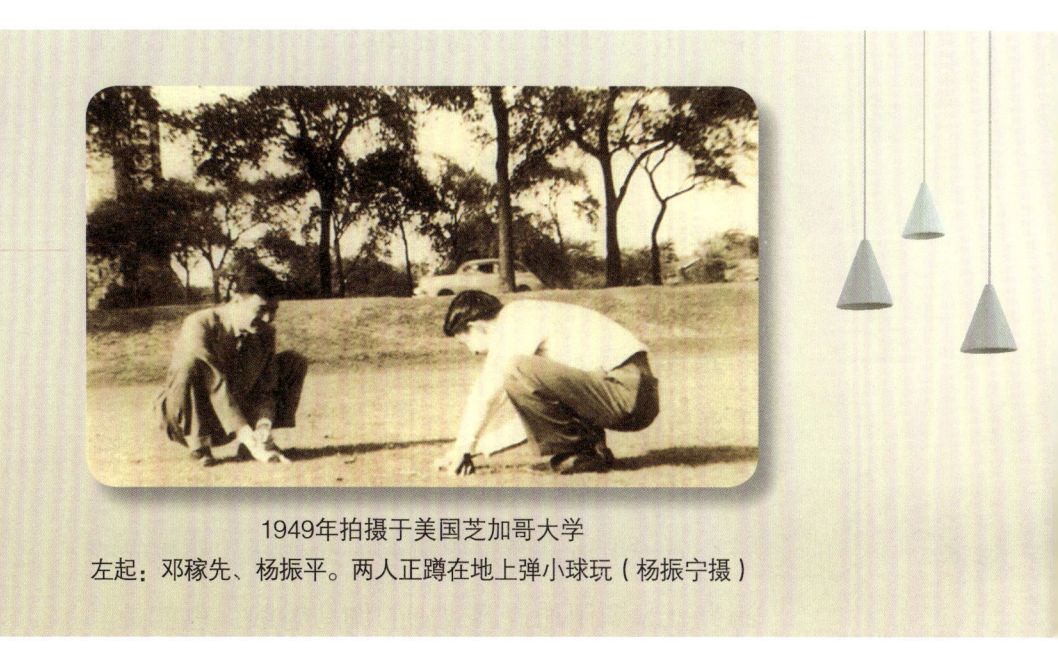

1949年拍摄于美国芝加哥大学
左起：邓稼先、杨振平。两人正蹲在地上弹小球玩（杨振宁摄）

作永恒的纪念。

在杨振宁和邓稼先的家里,至今还保存着当年他们合拍的这张照片。

那么,邓稼先留学普渡大学,为什么会选择核物理?他的博士论文为何以《氘核的光致蜕变》为题?这个谜底,直到1990年方才解开。

1990年,许鹿希去美国,杨振宁在美国纽约州立大学石溪分校的办公室接见了她。杨振宁告诉许鹿希,在1948年那个时候,现在所谓基本粒子的研究还只是刚刚开始。核物理起始于1930年左右,到那时已经有近20年的历史了。尤其是在第二次世界大战之后,研究核物理的人非常多,很热门。邓稼先在普渡大学物理系的导师荷兰人德尔哈尔是搞核物理研究的,所以邓稼先很自然地做了核物理方面的研究。他的论文题目《氘核的光致蜕变》,在当时是一个很时髦的题目,属于理论核物理范围。

什么是氘?氘就是重氢。氢由一个电子加上一个质子组成,而氘比氢多一个中子。邓稼先的研究就是利用加速器放出的伽马射线,也就是电磁波或光波来轰击氚核，使之分裂成一个质子和一个中子，就可以很方便地研究质子和中子间的相互作用及各种关系。地球上全部105种原子的原子核基本成分都是质子和中子，只不过因数量多少而异。而氚核只有一个质子和一个中子，没有其他复杂因素的干扰，因此它是标准的研究对象。

第四章 报国之路 从西南联大到普渡大学

1949年，邓稼先（25岁）摄于美国芝加哥大学物理楼前

邓稼先

功勋泽人间

在人类发现同位素的十六七年之后，就研究它的光致蜕变，当然是一个很吸引人的热门课题……

十年寒窗苦，报国待有时。邓稼先与中国的核武器事业，似乎在冥冥之中就注定了，有很深的渊源，也相互成就。

历史终于跨越出了崭新一步。1949年10月1日，中华人民共和国宣告成立。这是一个改变世界格局的重大变化，标志着中国人民终于站起来了，再也不受列强的欺侮和压榨。

新中国的成立，让胸怀科学救国理想的海外留学生无比激动。这些身在海外的游子，更希望祖国强大。邓稼先和其他留学生一样，无限欢欣。希望和理想终于变成了现实。这对于一个从深重灾难中走过来的人来说，是多么振奋人心的消息。

心潮澎湃的同时，邓稼先暗暗鼓劲，拼命学习，要将处于国际前沿的核物理知识学成带回国去。在导师的指导下，他夜以继日，只用了一年零十一个月，便读满了学分并完成了博士论文，顺利通过答辩。1950年8月20日，年仅26岁的邓稼先获得博士学位，被人们称为"娃娃博士"。

回家，回到祖国去，他已经迫不及待了。像是听到了祖国一声声的召唤，邓稼先和一些留学生在急切中迈开了回国的脚步。他们的梦想，就是要建设一个强大的中国。

新中国的凝聚力和向心力，让留学生们的报国激情像火山一般喷发了。

"同学们，听吧！祖国在向我们召唤，四万万五千万的父老兄弟在向我们召唤，五千年的光辉在向我们召唤！"

"回去吧！让我们回去，把我们的血汗洒在祖国的土地上，灌溉出灿烂的花朵。"

"我们还犹豫什么？彷徨什么？我们该马上回去了。"

当年，《留美学生通讯》上发表的这封《给留美同学的一封公开信》，喷发着火一样的爱

第四章 报国之路 从西南联大到普渡大学

1950年8月20日，邓稼先在美国普渡大学获得博士学位

邓稼先
功勋泽人间

国激情。透过字里行间,即使在今天,我们仍然能够感受到那些留学海外的青年科学家们怦然跳动的心声。

数学家华罗庚从美国回到新中国,在通过罗湖口岸的前夕,发表了一封《告留美同学的公开信》:"中国在迅速进步着。1949年的胜利,比一年前人们预料的要大得多,快得多……朋友们,梁园虽好,非久居之乡!为了抉择真理,我们应当回去;为了国家民族,我们应当回去;为了为人民服务,我们也应当回去;建立我们的工作基础,为了我们伟大祖国的建设和发展而奋斗!"

这封信令邓稼先动容。取得博士学位后,邓稼先一刻也不想耽搁,立刻打点行装,准备回国。

在此之前,他面临着一个新的选择,他的导师德尔哈尔教授有意要带他去英国继续深入研究。若是跟着导师走这条路,他无疑将站在世界物理学的发展前沿,极有可能摘取科学的桂冠。毋庸置疑,这是一个极具吸引力的选择,可谓机会难得。导师希望他走这条路。但是,邓稼先没有任何思想上的犹豫,婉言谢绝了这位著名教授的好意。

当人生面临多重选择时，邓稼先首先想到的是祖国的需要。祖国的需要就是他的选择。

1950 年，还发生了一个重大事件，即朝鲜战争爆发。邓稼先以自己对新中国成立之后国际形势发展情况的了解和直觉，觉得自己必须尽快回国，以免夜长梦多。即将回国的邓稼先激情满怀，向同学们诵读了一首长诗以铭心志：

> 当一场暴风雨过后
> 祖国已迎来灿烂的黎明……
> 我们就要回到你身边
> 祖国啊，母亲……

拿到博士学位后第九天，1950 年 8 月 29 日，邓稼先就从洛杉矶登上了威尔逊总统号轮船，启程回国。

邓稼先的直觉没有错。那一次，钱学森的行李刚搬上船就被扣了下来。赵忠尧先生和邓稼先等人同乘一条船，结果到了日本码头，赵忠尧还是被扣留下来了，后来经过中国政府交涉，赵忠尧才被放出来，乘后面的船回国。

庆幸的是，邓稼先当时没有被列上黑名单，一是他很年轻，比赵忠尧小22岁，比钱学森小13岁，不像钱学森、赵忠尧那样"树大招风"。二是他求学于美国印第安纳州的普渡大学物理系，跟钱学森所在的加州理工学院不沾边。

金秋时节，威尔逊总统号轮船抵达香港。那个时候，中英尚未建交，香港还是英国的殖民地。其他国籍的乘客都能在香港上岸，却不准中国学生登陆。中国留学生只好分批乘小木船划到中国境内上岸，最后在广州聚集。

这些怀着满腔爱国热情的海外学子，终于踏上了祖国的土地，百感交集，热泪滚滚。

1950年10月25日，抗美援朝战斗打响，由美国乘船直接回中国大陆的事被暂时停止了，其间中断了好几年。有的留学生只能绕道欧洲回国。钱学森更是被美国政府扣留了五年之久，直到1955年10月8日，才跨过深圳罗湖桥，回到祖国的怀抱。

邓稼先启程回国,与杨振宁又是天各一方。为了科学的理想,他们在各自的工作领域废寝忘食,孜孜以求,攀登高峰,他们将纯洁的友情,深深珍藏在心底,等待着相见的时刻。

时光悄悄溜走,谁也没有想到这一别竟是漫长的21年。这两位科学家在太平洋的两岸,都跨进了原子世界的大门,成为科学巨星。1957年,杨振宁与李政道因共同提出宇称不守恒理论而获得诺贝尔物理学奖。邓稼先隐姓埋名研制核武器,此时正身处运动的旋涡。

1971年,杨振宁终于回到祖国,迫切想见到这位难忘的儿时的伙伴。他到北京第一个要见的人就是邓稼先,除了难以割舍的友情,他心中还有一个疑问。这么多年,邓稼先在做什么?是像国外报纸说的那样吗?他哪里知道,邓稼先因为无法避免的政治运动,已经身陷"学习班"。因为杨振宁迫切要见他的愿望,才有了周恩来总理让邓稼先回北京见客的指令。杨振宁的出现,真的就像一场及时雨,无形中保护了邓稼先,解救了邓稼先,也解救了一批宝贵的科学家,从而帮助了祖国的"两弹"事业。221基地的阴霾天日自此也结束了。

在分别了漫长的21年后，邓稼先和杨振宁终于在北京见面了。时光无法隔断他们之间的友情，再次相见只是多了一些激动和感慨。嘘寒问暖、畅叙友情之后，却发现再也不能像儿时那样畅所欲言了。彼此的身份和使命，成了难以逾越的阻隔。

邓稼先对杨振宁无话不谈，却就是不谈工作，因为有纪律。他只说自己在外地，一个京外单位。

杨振宁心中揣着一个大疑问，却不知道该怎么问出口。当中国第一颗原子弹爆炸成功后，美国的报刊再三提到邓稼先是此项事业的重要领导人，但同时也刊载谣言，说有美国科学家参与了研制。

这个疑问一直埋在杨振宁的心里。一直拖到会见的最后时刻，他也没能问出口。

离京返程临上飞机之前，邓稼先去送他。在停机坪的栅栏口处，杨振宁突然止步，问道："稼先，我在美国听说，有一个叫寒春的美国人曾经参与研制中国的原子弹，这是真的吗？"

这句话问得很有技巧，令邓稼先为难，不知道该怎么回答。如果说没有，那就等于暴露了自己的身份，这样也就违反了保密纪律。如果说不知道，他又怎能欺骗有着几十年交情的老朋友呢？情急之下，邓稼先只好说："你先上飞机吧，这事以后再告诉你。"

送走杨振宁从机场回来后，邓稼先立即向上级请示，他该怎么回答杨振宁的问题。

这个"请示"，一直请示到了周恩来总理那里。周恩来明确指示：要让邓稼先如实告诉杨先生，中国的原子弹、氢弹全部是中国人自己研制的，没有一个外国人参加！

周总理的这个指示，是通过电话传达给邓稼先的。电话铃声响起，已是静悄悄的深夜，邓稼先放下电话，难抑激动的心情，立刻穿衣起床，给杨振宁写信。信写好，派专人立刻乘民航班机飞往上海，必须亲手交到杨振宁的手上。

1971年8月16日，上海市领导正在为杨振宁举行饯行晚宴，邓稼先的亲笔信被直接送到了杨振宁的手中。

杨振宁当即展看了邓稼先的亲笔信，当看到"中国的原子弹、氢弹全部是中国人自己研制成的，没有一个外国人参加"时，他竟抑制不住内心的激动，热泪盈眶。他知道，这其中的艰难，是常人难以想象的，一切都得从零做起，然而，他的老朋友成功了，祖国成功了！

杨振宁无法抑制心中巨大的波澜，无法止住奔流的泪水，作为宴会的主宾，他不得不起身离座去洗手间，以平复激动的心情。

第五章

舍身忘己
双手捧起了高辐射弹片

　　1972年11月，邓稼先担任第九研究院副院长。1980年1月，任第九研究院院长。担任九院领导后，他的工作范围超出了理论设计，一直要管到工艺，担子更重，责任更大了。

　　他是一个非常认真的人。每一个要害处零部件的加工是否合格？这是他做梦也要关心的问题。为此，他经常到工厂，向一线工人师傅问这问那，记在小本子上。核武器的许多部件只有八级工人师傅才能上车床动手干，规格要求极其严格。在一线车间，邓稼先积累了许多书本上难以找到的经验，渐渐懂得了许多工程技术方面的东西。

非常危险的事会经常碰到。一次，要在特种车床上加工原子弹的核心部件，即把极纯的放射性极强的毛坯部件，切削成要求的形状。这是一件非常危险的活儿，不光有辐射，还不能切多，也不能切少，不能有半星火花，更不能出丝毫的差错。

老将军李觉和邓稼先同时站在工人师傅的身后，以鼓舞士气。可见这个核心部件有多么重要。

工人师傅心里踏实了，一刀一丝，一丝一刀，屏息静气，小心翼翼，每车一刀便测一次数值。李觉将军年长体弱，站了一天，又站到半夜，累得心脏病发作，不能顶到底。邓稼先从始至终坚持站在那里，师傅换班也不走，直到第二天早晨拿到合格产品。

原子弹在爆炸试验前，要插一个雷管，这是所有危险工作中最危险的，稍有不慎，后果不堪设想。操作者小心翼翼，在场的人鸦雀无声。大家都屏声静气，精神高度集中。在场的每个人都是做了随时献身准备的，因为，万一发生了问题，在场的所有人都将立刻化为气体。

害怕吗？当然害怕，谁不害怕呢？但是使命和责任让这些英雄别无选择。岁月静好，是因为有人挺身而出、负重前行，撑起了一片明朗的天。所以，历史应该铭记这些为了中华民族和国家富强做出贡献的有名或无名的英雄们。

插雷管时，邓稼先总是无言地站在操作者的身后，与操作者同呼吸、共命运。在危险面前，他与战友同在。他在，人心就稳。

谁都知道，核武器研制工作不能出任何一点纰漏。邓稼先常说："在我们这里没有小问题，任何一件小事都是大事情。小问题如果解决不好，就会酿成大祸。"所以，每一件小事，邓稼先都会认真对待。

一个午夜，邓稼先刚刚睡下，电话铃突然响了，是核材料加工车间打来的，说是一个重要部件加工出了一点问题。邓稼先放下电话，穿着拖鞋就出门上了吉普车。他就是这样，要紧的事情一发生，他便忘掉了其他。

瓢泼大雨已经下了好几天，此时仍然是风雨交加。

吉普车奔跑在黑夜中的山路上，十分危险，泥沙和石头在雨水的裹挟下，随时都有可能会冲下来。路上，他们已经看到了一些小塌方。吉普车在山路上盘旋，一会儿向上，一会儿向下。车到河边，大水已经漫过了桥面。司机很紧张，车速一点点地减缓了，不敢再往前开。他知道，这里曾出过车毁人亡的事故。但是，邓稼先不管这些，使劲摇着司机的肩膀，喊着："冲，往前冲！"司机非常担心："老邓，你可是大科学家啊！"邓稼先毫不犹豫，严肃地说："他们在等着我处理故障，干咱们这一行的，出了事故就不得了啊。"

司机不再犹豫，加大油门冲向桥面。立刻，混浊的河水灌进了车里。他们从水中冲了过去。

几个小时后，邓稼先赶到车间，立即投入工作，最终排除了故障。

像这样抢时间去排除故障、解决问题的事情经常发生，邓稼先已经习惯了。事业心和工作环境久而久之的结合，让他形成了这样优秀的品质，这种品质一经形成，便永远伴随着他。

邓稼先性格随和、谨慎，办事沉着，但是也带有几分大胆冒险的精神。这种精神是成就大事业者所必须具备的，体现于工作中，就是一种敢于担当的勇敢精神。

那一次，大家讨论一个极为重要的核武器试验，意见产生了分歧。一种意见是分三个步骤，比较稳妥，但是费钱多、耗时长、威力小。另一种意见是分两个步骤，有一定风险，但是费钱少、耗时短、成功后威力大。邓稼先坚决主张后者。他当然知道自己必须为这种风险承担主要责任，但是，为了国家利益，他丝毫不考虑个人得失。最终，两个步骤的方案通过了论证，获得批准，并最终取得了成功。

多年之后，邓稼先回忆起这次三步改成两步的方案，深深叹了一口气，说："那时可真难啊！两种意见都是对的，差别是既给国家节省钱，又获得高效能的核弹头。可是真难下决心啊！"许鹿希问他："能节省多少钱？"他说："估摸着算来至少能省三千万元。"许鹿希笑道："好家伙，普通大学三年的经费，你们轰的一声响，就没了。"

原子弹起爆前的信号是倒着数的，十、九、八、七、六、五、四、三、二、一，起爆！这个起爆时刻，被称作零时。

对于这个零时，参加核试验的人都是既紧张又期待，盼望着能准时看到自己的劳动成果化为蘑菇状烟云升腾于湛蓝的天空，却又为之担忧，害怕出现什么问题。那种心绪非常复杂，让人总是绷着一根弦。

1965年5月14日，我国进行了第二次核试验，用飞机空投了一颗原子弹。原子弹在预定高度爆炸了，威力相当于2万~4万吨TNT炸药，核爆试验结果与理论设计基本一致。

1966年，我国共做了三次核爆试验。

1967年6月17日，我国第一颗氢弹爆炸试验成功。

1968年12月27日，我国用飞机空投一颗氢弹的核爆试验成功，其威力约等于300万吨普通TNT炸药。可用飞机空投氢弹，其意义表明为成为武器。

1969年，我国进行了两次核试验。

…………

如果是地下核试验，那就是两声闷雷似的巨响，一声来自前方的深井之下，另一声来自背后大山的回声。那声音惊天动地，滚滚而来。

每次核试验都有一个署名者，署名者在"零时"之前过着一段非常难熬的日子。

什么是核试验署名者？就是在一枚核弹研制成之后，准备用飞机运去空爆或下入深井做地下核试验，需要有一个负责人签上自己的名字，表明这一枚核弹一切准备妥当，可以点火了。这是对国家负责的签字，非同一般。

邓稼先多次挑过这副千钧重担。

对于邓稼先来说，那一种煎熬异乎寻常，巨大的压力常人难以想象。在原理方面一点漏洞都没有了吗？好几十万个数字的计算是否都准确？那么多的零部件是否都合乎指标要求？材料性能如何？一连串的问题，让他不得不去思，不得不去想。

邓稼先

功勋泽人间

每次核试验签字之后，邓稼先都有一小段时间感到全身冰凉，巨大的心理压力让他坐立不安、心神不宁。他曾说，非常紧张，有一种把脑袋别在了裤腰带上的感觉。

但是，每次在核试验前，邓稼先来到试验场地时，都给人一副每临大事有静气的大将风度的气概。人们看到他，心中就踏实了。实际上，这是人们看到的一个表面现象。为了稳住大家，也为了稳住自己，他不得不沉住气、稳住神。事实是，他在帐篷里时而复核着突然想到的某一个尚无完全把握的数字，时而又愣神坐在那里，连他自己也弄不清楚究竟在想些什么。

在准备核试验的日子里，有时候他们要在马兰小镇待上几天。马兰小镇兀立于沙漠戈壁上。这个小镇因为核试验应运而生。这里的沙漠生长着一种马兰花，人们便称它为马兰小镇。

有一次，邓稼先又来到马兰，后方急报说计算结果中有一个地方出现了问题，应该停止这次核试验。这不啻是一个晴天霹雳！邓稼先立马赶到竖井处，下井检查应该检查的一切。回到帐篷，他沉思起来。核试验怎么能说停就停呢？如果停止，起吊、装好雷管的核弹本身就是一个极大的危险，何况还要卸去已经拧死的那些螺丝钉，才能改动装置。但是，如果不停，试验出了问题，后果就不堪设想了。

邓稼先在井上井下来来回回忙碌了两天两夜，由于太过紧张，他几乎隔一小会儿就要去一趟厕所。他用各种办法去推算，从多种角度去核查，拼命想寻出一种证据，以证明能够继续进行试验。

他躺在铺上，两眼望着雪白的帐篷顶，脑子里却像打开的计算机一样忙碌着。突然，他起身，用纸笔又一次做了粗估。然后，他心中敞亮起来，计算即使有错，误差的幅度也不至于大到影响核试验的成功。得出了这个结论后，他拍板决定：核试验照常进行。

结果，那次试验完全成功。

邓稼先每次签名的试验都成功了，大家便说他是福将。可是，只有他自己知道，这福将真是太难当了。

对于研制核武器的人来说，最大的潜在危险就是辐射。

钚239和铀235的放射性是致命的，对人体的伤害却又是看不见的。在自然界，有些物质的放射性对人体是有用的，比如医院的X线、CT、核磁共振、R射线等，可以用来治病、诊断或者消毒物品、保存食品，但是更多的却是对人体有害的。

邓稼先经常出入车间，在一段相当长的时间里，几乎天天接触到放射性物质。干这一行的人把这种事叫作"吃剂量"。说起来像是很轻松，丝毫不带有感情色彩，但是大家心中都是有数的。

或许是为了减轻辐射给人带来的精神负担，才故意这么说的吧？

有一次，需要打开密封罐观看测试的结果，但是，原有的防护措施挡不住新材料良好放射性能的强度，使邓稼先等人一下子受到了超出常量几百倍的辐射。如此超限度地"吃剂量"，后果如何，大家都明白，但是工作照样要进行下去，"明知山有虎，偏向虎山行"，大家对此并不太在意。

说实话，并不是不太在意，而是为了国家的千秋大业，大家已经习惯了如此奉献和担当，甚至牺牲。

1979年，深受"文化大革命"破坏的军事工业，在这一年体现了出来。一次飞机空投后降落伞没有打开，核弹从高空直接摔到了地上，距离预定的爆心很远。

"零时"之后，众人期待的蘑菇云并没有出现。

天空一片寂静。

茫茫戈壁滩上，连一只鸟也看不见。

核弹摔到哪里去了？摔成了什么样子？参加核试验的人员都无比揪心，因为这样的事情有可能引起严重的后果。

一百多名防化兵奉命到出事地点去寻找。可是，这些防化兵们奔跑在荒无人烟的戈壁滩上，却始终没有找到核弹的痕迹。

这是大事，是一个不能不了了之的大事。

情急之下，邓稼先决定亲自去找。

许多同志都反对他去，基地现场指挥员陈彬将军阻挡他："老邓，你不能去，你的命比我的值钱。"

邓稼先十分感动，为这些同志生死与共的真挚感情而感动，但是，他还是坚持要亲自去找。"我必须去。"他说。

大家都明白，高空摔下的弹体十有八九已经碎裂，碎裂的弹片辐射性很强。这种放射性钚，在大自然中的半衰期是24000年，如果侵入人体，就极易被骨髓所吸收。它在人体内的半衰期是200年，也就是说，进入人体后200年还会剩一半。太可怕了，进入人体的钚将会终生伤害着"吃剂量"人的身体，永无解除之日。钚的毒性更是令人闻之色变，仅仅1克钚，就可以毒死100万只鸽子。

不难想象，放射性钚对人体的伤害。

这一切，邓稼先当然非常清楚。平时，他对别人的安全都非常关心，此时却偏偏将自己的健康和生死置之度外，想都没想就要往前冲。这种拗脾气，似乎是从事核武器研究之后添的

"毛病"。

"这事我不去谁去？"邓稼先说。

就这样，邓稼先和二机部副部长赵敬璞乘坐一辆吉普车，向戈壁深处驶去。

吉普车在颠簸中无声地前行，越行越远。

天空和大地似乎都静止了。

一路上，他们没有说什么话。不是没话可说，而是邓稼先的脑子里在不停地思索，究竟是什么事故？有哪几种可能性？最坏的结果是什么？

邓稼先什么都想到了，就是没有想到是降落伞没有打开，造成核弹从飞机上直接摔下来。他当时的想法，就是一定要找到核弹，越快越好，然后探明原因。

到了发生事故地区的边缘，邓稼先让司机把汽车停下来。他下了车，却坚决阻拦赵副部长和司机与他同行，坚持独自前往。赵副部长不放心他，坚持要与他一道，生死与共。邓稼先急了，大声对赵副部长喊起来："你们站住，你们进去也没有用，没有必要！"

"没有必要"，应该是"没有必要去白白地做

邓稼先 功勋泽人间

出牺牲"的意思吧？而他，却认为自己是有必要的，在这个关键时刻，他就应该挺身而出。

风萧萧兮，地阔天蓝，这是何等的壮怀激烈，何等的壮士英雄。

此时，55岁的邓稼先把钚对人体的伤害忘得一干二净，或者，他根本没忘，只是全然不顾。或者，强烈的责任感使他顾不上自己的安危，来不及考虑个人的安危。他弯着腰，一步一步走在戈壁滩上，锐利的目光四处扫寻。

不知过去了多长时间，终于，碎弹片被邓稼先找到了。

看到碎弹片的刹那，邓稼先立即放心了，精神骤然间松弛下来。他最担心的后果终于没有出现。

但是，高度的责任感让邓稼先在那一瞬间完全变成了一个傻子，他想也没想，竟然用双手捧起了碎弹片。这可是含有剧毒的危险放射物啊！

邓稼先拖着疲惫不堪的步子，向停在远处的吉普车走去。见到赵副部长，他说的第一句话是："平安无事。"

就是这一次，邓稼先受到了放射性物质的严重损害，让他的健康和寿命受到了无情的致命一击。

在研制核武器的紧张工作中，从不主动邀请别人合影的邓稼先，这一次竟然主动邀请赵副部长与他合影留念。

至今，在邓稼先家中的相册里，以及各种书籍、画册里，都有这张只见两个头戴白帽子，身穿白色防护服，白口罩遮到了眼睛下边，却辨不清面貌的人，站在荒无人烟的戈壁滩上的纪念照。左边高个子是邓稼先，右边是赵敬璞副部长。

主动要求留下这一张纪念照的邓稼先，一定是内心有了某种极大的触动，或者，有了另外的什么想法吧！

1979年，邓稼先（左）、赵敬璞摄于新疆核试验基地的戈壁上

第五章 舍身忘己 双手捧起了高辐射弹片

邓稼先
功勋泽人间

从这张照片可以看到，邓稼先仅穿了一件简易防护服，而当时的残损弹片放出的射线，至少需要三米厚的混凝土才可以防住。

邓稼先"吃了大剂量"，牵动着众人的心，令同事们心痛。在组织的安排下，几天之后，邓稼先飞回北京，住进医院接受检查。

检查的结果表明，他的尿里有很强的放射性，白细胞内染色体已经成粉末状，数量虽在正常范围，但白细胞的功能不好，肝脏也受损。一位医生实话实说："他几乎所有的化验指标都是不正常的。"

邓稼先却对妻子许鹿希轻描淡写，说只有尿不正常。许鹿希听了非常恼火，跺着脚埋怨他。

按道理，邓稼先应该到疗养院去接受疗养。因为受到的放射性剂量如此大，疗养虽然不能解决根本问题，但是对身体无疑有着很大的好处。可是，邓稼先坚决不去，他说工作离不开他。就这样，直到他最后离开人世，也没有去疗养过一天。

日复一日、年复一年地紧张工作，邓稼先强

壮的身体慢慢地被损毁了。尤其是这次吃了大剂量放射性以后，他的身体有了明显的变化。

年轻时可以顶得住通宵达旦的工作，50岁以后，他的体格虽然仍然很魁梧，精力却慢慢不如从前，现在，他的身体状况更差了。

邓稼先的身体衰老得很快，头发白了，工作上的疲劳也不容易消除，极易疲劳。从小，他就非常喜欢出去玩，喜欢爬山，而现在，他郊游去爬山，爬到半路就会突然感到举步艰难，身上沁着虚汗。郊游只好半途而废。一次，他正开着会，突然感觉心跳过速，他把手伸给高潮副院长，让高副院长帮他搭搭脉，结果，他的心跳已经超过每分钟120次。有时，他非常怕冷，觉得自己的身体越来越不行了。

他感到肩上的工作担子越来越重，过分吃力，身心俱疲，而在此之前，他从来没有过这样的现象。这是怎么了？

1980年10月，在一次核试验临近之前，井下突然有一个信号测不到了。面对来自四面八方的询问，邓稼先沉着冷静，十分明确地说："一个

邓稼先

功勋泽人间

小问题，很快就会解决。"他在关键时刻稳得住神，稳得住军心。其实，他的内心也非常着急。

他和大家一起来到井口。此时，风沙呼啸，气温在零下30多摄氏度。有人担心他的身体，劝他回去，他只说了一句："我不能走。"

事故排除后，核试验成功了。邓稼先舒了一口气，像搬去了心里的一块石头。这时，有人过来请他去参加聚会庆功，他高兴地去了。那天，他只喝了一口酒，就倒下了。突然昏厥，脉搏微

邓稼先在工作中

弱，血压低到测不出数据。他的倒下把在场的人都吓坏了。医生和护士全力抢救了一整夜，他才苏醒过来。

这次昏倒，不是因为试验成功的狂喜，这么多年，多次核试验的成功，他已经历过许多次这样的狂喜了，也不仅仅是他长期以来疲劳过度后骤然松弛的结果，更不是因为酒力，平时他是颇有酒量的，而是因为他寻找哑弹时受到的"吃大剂量"的伤害。那次伤害对他而言，真的是致命的、无法弥补的。他的身体能感受到那种陡然落差一般的伤害。

1984年12月，邓稼先60岁，身体已经极度虚弱。他又一次来到马兰小镇，指挥我国第六个"五年计划"期间的最后一次核试验。

邓稼先一共参与了32次核试验。32次里有15次是他亲自在现场指挥。这次，是他一生中最后组织指挥的一次核试验。

那天，天气寒冷，风如挥舞的刀子一般呼啸着。邓稼先从支在戈壁滩上的帐篷往试验场地走去。寒风中，他步履艰难。看着眼前熟悉的场景，他不禁百感交集。这里是度过他一生中短暂、难熬但又让人异常兴奋的地方，是他的梦想升向天空的地方，是他报国的考场和战场。他望了一眼瓦灰的天空，停顿了一下脚步，似乎要将这大漠的一切刻在心里。

脚步愈发沉重起来，他让走在前面的两个人架自己一下。

那些天，他拉肚子，别人认为他是水土不服，只有他自己和少数人知道，他天天便血。自从"吃大剂量"射线后，他常常注意着自己的身体有什么异样，但是，他又顾不上身体，他要争抢的是时间，是核试验，是工作上的新台阶。

那天，气喘吁吁的邓稼先是趴伏在两位同志的肩上到达目的地的。

原子弹、氢弹相继试爆成功之后，邓稼先十分清楚世界核武器的发展状况。美国人已经先后进行了900多次核爆炸试验，20世纪70年代末和80年代初，美国总统又命令恢复发展生产中子弹。人们口头上常笼统地将中子弹归入第二代核武器，即新一代核武器。

现代军事武器的研制，也像江湖侠客，比的是功力深厚、器械奇巧。

中子弹，是一种中子流大量增加的武器，高能中子的穿透能力非常强。有人把中子弹看成是一种微型氢弹，其裂变作用和聚变爆炸都产生中子。中子弹能在对物质破坏力较弱的情况下，保持对生物的杀伤力。假如一大群坦克车和装甲车被中子弹袭击后，这些车辆会完好无损，但是车内所有的活人都会被消灭。这就是中子弹最特别的地方。有人说，中子弹是一种防御进犯敌人的最理想的武器。

核武器的威慑作用不言而喻。但是，核武器的研制必须站在世界前沿，否则，就谈不上有强大的国防威慑力。

邓稼先深感肩上的责任重大。

这几年，邓稼先都是倾心尽力于新一代核武器的研究。而这一次试验，就是对他们研究成果的检验。

邓稼先和于敏等人坐在指挥车里，守候在基地的前沿。

邓稼先

功勋泽人间

一声地动山摇的巨响，紧跟着，一团团黄色尘土在地颤的同时慢慢升起，连成了一把伞帐，然后，柔和地飘落下去，轻轻地覆盖在地面上。眼前那一座山上，飘落了一层新鲜的黄土，与先前的颜色不一样了。

邓稼先焦急地等待着试验结果。

终于，有人来报告：

中子点火正常！

燃烧正常！

核试验成功！

1984年10月，邓稼先再立新功，他颇为激动，提笔赋诗，表达不一般的心情：

红云冲天照九霄，

千钧核力动地摇。

二十年来勇攀后，

二代轻舟已过桥。

《当代中国的核工业》一书记载：1984年12月9日，中国进行了第三十二次核试验（地下

1984年10月16日,邓稼先在庆祝第一颗原子弹爆炸成功20周年大会的签到簿上赋诗一首

试验)。

这次核试验成功后,第二机械工业部刘西尧副部长激动万分地赋诗一首:

二十年前春雷响,

今朝聚会盼新雷。

喜闻戈壁传捷报,

敬贺老邓立新功!

"老邓"——邓稼先的这个新功确实不一般,

这是他一生事业的第三座里程碑。在他辞世三年之后,即1989年7月,我国政府为这次核试验成功而授予邓稼先"国家科学技术进步奖特等奖",奖项为"核武器的重大突破",奖金一千元。许鹿希将这笔奖金捐赠给了九院设立的邓稼先青年科技奖励基金。

第六章

信仰如磐
比生命还重要的建议书

1985年7月31日，邓稼先从基地赶回北京参加一个重要会议。

张爱萍将军见到他，关切地问："你怎么瘦了？气色也不好，身上有哪里不舒服吗？"

邓稼先回答说："开完会后去看看病，好像是痔疮，疼痛得很，到医院要一点润肠药就回来。"

张爱萍将军不放心，亲自给301医院院长打电话，要求安排医生接诊，并派自己的汽车送邓稼先去医院。

邓稼先只好遵命去医院接受检查。

医生检查后，神色严峻地对他说："别走了，立即住院。"

邓稼先一听就急了，告诉医生，他在参加一个很重要的会议，不能住院。

医生微笑着对他说："这里不是会议室，这里是医院。"

医生虽然微笑，神态却严峻，有一种无法抗拒的力量。邓稼先想说什么，最终也没有说出口，沉默了，只得同意住院。他在那一刻，或许明白了，像是意识到了问题的严重性，隐姓埋名这么多年，生命过度地燃烧，渐渐成了一支残烛，自从那次"吃了大剂量"，身体更是一天不如一天，他早已察觉到了。他知道这一天会到来，却没有想到来得这么快、这么突然。

6天后，即8月6日，医生给邓稼先做了活体取材检查手术。那天，张爱萍将军也来到了医院，焦急地问医生："活体取材检查怎么样？"

医生说，按常规要一周后才能知道结果。

张爱萍将军说："我就坐在这里等着，你们尽快拿出化验结果来。"

半个小时后，冰冻切片结果出来了，确诊邓稼先患的是直肠癌。

这个消息不啻一个晴天霹雳，令在场的人震惊。实在太突然了。

这个猝不及防的消息几乎将许鹿希击垮。她是医科大学的教授，当然清楚癌症的残酷性，更清楚一个受到辐射严重伤害的老年人对癌症的抵抗能力。可是，面对病魔，她却无能为力，只能眼睁睁地看着丈夫被病魔围剿。她等了丈夫28年，怎么也没有想到等来的是这么一个结果。

然而，这就是残酷的现实。

1950年，邓稼先回国后不久，被安排到中国科学院近代物理研究所，担任助理研究员，1952年升为副研究员，在彭桓武教授领导下从事原子核理论研究。

那时，我国的原子核物理研究还是一片空白。在这一片空白的土地上，邓稼先与一批青年伙伴辛勤地耕耘，他单独或分别与于敏、何祚

邓稼先

功勋泽人间

麻、徐建铭等合作，在1951—1958年的《物理学报》上，相继发表了《关于氢二核之光致蜕变》《B中微子角关联、B-r角关联和B能谱因子》《辐射损伤对加速器中自由振动的影响》《轻原子核的变形》等论文，为我国原子核理论研究做了开拓性的工作。

1953年，29岁的邓稼先和许鹿希结为伉俪，主婚人是中国科学院副院长吴有训教授。

许鹿希，1928年8月出生于上海，是五四运动中著名学生领袖、民主人士许德珩的长女。许德珩和邓稼先的父亲邓以蛰是相识几十年的老朋友，常有往来。许鹿希比邓稼先小4岁，从小就认识，可以说是青梅竹马。

一次，许鹿希随父亲去邓以蛰家做客，看见一个男孩调皮地骑在院墙上，用脚给客人开门。这个男孩就是邓稼先。邓稼先这副顽皮的形象一直保留在许鹿希的记忆里。

许鹿希自幼聪敏好学，成绩出众。高中毕业后，她同时被5所大学录取，却选中了免收学费的北京大学医学院。读医学院时，在北京大学担任助教的邓稼先教过她的物理课。因此，他俩也有着师生之谊。

1953年，许鹿希从北京大学医学院（现北京大学医学部）毕业后留校，在解剖学教研室任教，先后被聘为讲师、副教授、教授等职，是北京医科大学较早确认的博士生导师之一。早在20世纪60年代初，她就与同事们一起翻译了当时国际上颇负盛名的Strong氏的《人类神经解剖学》一书，为促进我国神经解剖学的发展发挥了良好作用。多年来，许鹿希的研究工作涉及针刺麻醉原理的形态学研究，脑对自主神经系统的调节机制及纤维联系，脑内脏调节中枢的化学解剖构筑及多种神经递质在中枢神经内的分布及变化等多个领域。1978年获得全国科学大会集体奖、北京市科技进步奖一等奖……

他们婚后的生活安定而幸福。

他们先是住在中关村的科学院宿舍。许鹿希每天上下班乘坐31路公共汽车。因为乘客稀少，公共汽车间隔四十分钟才来一辆。离他们家最近的公交车站有大约两站空旷无人的野地，这让邓稼先不放心。到了晚上，邓稼先多半是骑着自行车到车站去接她，有时，两人会漫步在无人的小马路上，享受着两人的浪漫世界。

1954年10月，他们有了女儿典典。1956年11月，有了儿子平平。两个孩子的先后到来，给家庭增添了别样的欢乐。星期天，他们会带着孩子轮流到两家老人那里，让双方老人尽情享受天伦之乐。孩子们在尽情地疯玩一天之后，还要带着各式各样好吃的东西才回家。

一个热闹而有趣的小家庭，总是其乐融融、幸福满满。

邓稼先下班回家，进门的第一件事，就是逗孩子们玩耍。女儿刚会叫一声"爸"的时候，他快乐地用双手按住不满周岁的女儿，要她再叫一声，再叫一声。随着孩子会说的话增多，他的要求也增多了，不仅让孩子重复地叫"爸爸"，还要叫"好爸爸""非常好爸爸""十分好爸爸"，直到找不到形容词才止住。和孩子在一起玩耍的时候，他似乎只有年龄上的差别。

儿子六七岁的时候，常在天黑下来后出去

抓蛐蛐、逮青蛙，邓稼先就不断地向他传授经验。后来，他们搬到了北京西郊很普通的一栋楼房里。楼房周围非常空旷，在四层楼上能望到十公里外新街口的豁口。逢年过节，父子俩站在晒台上放"二踢脚"，比赛着看谁甩得远，甩得高，甩得准。鞭炮在空中一个一个地炸响，清脆悦耳，响彻云霄。

有时候，许鹿希见儿子弄得满身泥土回来，忍不住会说上几句，邓稼先总是笑着打圆场，说："孩子嘛，不要管得太死，我小时候也是这样的。"

许鹿希忍不住也笑，心想，还说你小时候，现在当了孩子爸不也是这样吗？

他们夫妻之间有着一种很别致的生活情趣。邓稼先喜欢在妻子面前吹嘘自己的英文好，知道的词汇多。他在昆明读书时就背过牛津字典，何况在美国又学了两年。他要妻子考他，想过一把骄傲的瘾。许鹿希也来了精神，一连串地向他发问：河马，斑马。他顺口都答出来了。许鹿希觉得难不住他，便增加了难度：麻醉。没想到，邓稼先也答了出来。许鹿希便找生僻的医学名词来难为他：视网膜怎么说？邓稼先听了一愣，随即哈哈大笑起来。

他用笑声表示了自己的失败。

早在昆明求学时，邓稼先就有着倾向革命和投身民主运动的斗争历史，是一个爱国民主运动的积极参加者。现在，他在工作岗位上终于找到了精神上的必然归宿。

1956年4月22日，《人民日报》第一版刊登了一条消息：《一批科学工作者加入中国共产党》，内容只有一句话：新华社21日讯，中国科学院机关委员会今天在北京举行大会，接收了北京区各研究单位的35名研究人员和工作人员入党。

在这批35名新党员中，就有物理研究所副研究员邓稼先。而许鹿希早在1950年上大学期间，就已经加入了中国共产党。

在入党前的1954年，邓稼先被挑选去兼任中国科学院数理化部的副学术秘书，协助学术秘书钱三强教授和吴有训副院长工作。那时候，邓稼先和各种脾气的科学家打交道，从中得到了政治和联系群众方面的锻炼，这在无形中为他后来做科研组织领导工作做了准备。

1958年，近代物理研究所改称为原子能研究所。也就在这一年，邓稼先领衔受命，隐姓埋名从事核武器研制工作。

这一年，也是邓稼先从许鹿希身边"消失"的开始。当时，邓稼先34岁，许鹿希30岁，幼小的孩子一个4岁，一个2岁。

在许鹿希的记忆里，自从结婚以来，30多年了，平凡、快乐的家庭生活只有结婚后的前5年。只有那5年，邓稼先才是完全属于她的，那才是正常的家庭生活。其余的时间，她一个人撑着整个家，在劳累、思念和惴惴不安的担心中度过。现在，人生过去大半辈子了，邓稼先终于回来了，却是因为癌症而被强行安排住院进行治疗。

他竟然是以这样的方式回来的。

他又属于她了吗？这样的属于，她完全不能接受，情愿他仍然奋斗在西北戈壁滩上，情愿两人仍然是天南地北，只求他是健康的。

可是，这已经是不可能的了。

4天后，即8月10日，邓稼先做了第一次大手术。

许鹿希默默守候在手术室外面，噙着泪水，期待着连她自己也不太敢相信的佳音。张爱萍将军坐在医院里，也在焦急地等待着手术结果。

终于，医生将从邓稼先身上切除的一段肠子给他们看，许鹿希用手按了一下上面的淋巴，硬硬的。她知道，邓稼先的病已经到了晚期。这是谁都不想看见的一个结果。

然而，现实就是这么残酷无情。

手术后，医生出具的病理诊断结果上这样写道："肿瘤的病理性质是恶性程度较大的低分化、浸润性腺癌，直肠旁淋巴结7个，全部有癌转移……癌症属中期偏晚，已有淋巴结及周围组织转移。预后不良。"

这个结果令人痛楚而无言。面对这个结果，许鹿希忍不住泪流。看着躺在病床上的丈夫，她心如刀绞。这么多年来，有谁能说清楚，这个男人为了国家吃了多少苦、付出了多少爱吗？对家的爱、对亲人的爱，他只能深埋于心，对国家的爱，他全身心地投入，甚至，毫不顾惜自己的生命。

往事在许鹿希的脑海中不间断地翩翩浮现，一幕幕清晰地出现在眼前。

她记得，邓稼先在接受原子弹的研制工作后，人就变得沉闷了，不爱说话了。可以想见压力的巨大。他的眼神似乎看到了地球之外，就像提琴演奏家在演奏的时候，眼神是"空"的，不是看着眼前的乐谱，而是看到了另外一种高远的境界。

从1958年被调去研究原子弹至今，他几乎没有休过探亲假。20多年了，他们聚少离多。他的工作保密性太强，纪律又十分严苛，他不能多说，她也不能多问，甚至她在单位的同事都不能来家里，免得出事。至于他到北京出差，然后突然回家，再突然离家，她根本就不会提前知道。回来了，那是一个意外惊喜。什么时候该走，一个电话，汽车马上就在楼底下等着了，警卫员一来就马上走了。

对于许鹿希来说，丈夫邓稼先就像一阵风，来去无踪。但是，她的心却是被他牵挂着的，担忧他的冷暖，担心他的安危，将默默的祝福留给他。

我国第一颗原子弹爆炸成功的消息发布后，人们又蹦又跳，欢呼着，自发地走上街头，表达着兴奋、自豪的心情。人们以为1964年10月16日的那天晚上，许鹿希也会和大伙儿一样，手里举着红色号外，庆祝第一颗原子弹的爆炸成功。只有许鹿希明白，她在听到成功的消息后，只觉得提到嗓子眼儿的心，终于落下去了，舒了一口气。谢天谢地，终于搞成了。

那天，许德珩教授已是74岁的老人，他的老朋友、中科院副院长严济慈正好在他家探访。许德珩高兴地一手拄着拐杖，一手拿着号外，站在客厅里，连声说："太好了！太好了！"感觉到意犹未尽，他还问严济慈："是谁有这么大的本事，把原子弹给搞出来了？"严济慈听了忍不住笑起来，说："嘿，你还问我？去问你的女婿呀！"

一语道破，许德珩恍然大悟。

两位老朋友都哈哈大笑起来。

外人不知道的是，许鹿希的担心是持续的。

从原子弹至氢弹,再到中子弹,一个接一个的担心像石块一样压在她的心头。时间长了,这几位承担国家重大任务和使命的秘密工作者的家属,心中多少会感知到一些,知道家人担负的重大使命,自会小心翼翼、守口如瓶。试验每成功一次,他们也只是相互串门问候一下而已。

很多人曾经问过许鹿希,为什么能够忍受和丈夫分离长达28年?她说,是因为她不仅见过"洋人",还见过"洋鬼子";不仅见过飞机,还见过敌人的飞机在空中盘旋轰炸自己的家园;不仅挨过饿,还被敌人的炮火逼着躲进防空洞忍饥挨冻。她经历过灾难重重的那一段屈辱的历史,所以,为了国家的富强,她没有什么是不能忍受的。

她与邓稼先有着共同的人生经历,才能够理解邓稼先,理解他的事业,理解他的付出,理解他的牺牲。与此同时,她觉得自己也有那一份责任,那一份对祖国的责任,她要全力支持邓稼先。

然而,一个才三十岁的女人要带两个不懂事的孩子,要照顾生病的两位老人,同时还要在自己的事业上有所追求，其艰难也只有她自己知道了。

许鹿希默默地承担家庭的一切，以免影响丈夫的事业。她对丈夫说："放心吧，我是支持你的！"

作为妻子，许鹿希为丈夫、为家庭做出的牺牲太多了。

此时，邓稼先虚弱地躺在病床上，面容憔悴，遭受病痛的阵阵折磨。她的心被痛楚包裹了。邓稼先这一生，几乎将所有的时间和精力都献给了国家，这是他心中的莫大安慰。可是，又有谁知道他心中的莫大遗憾呢？

邓稼先是一个孝子，却没能在母亲身前尽孝，这应该是他心中一个最大的遗憾吧？

第一颗原子弹爆炸成功不久，邓稼先和一大批科学家都在急切地判读着各种实验数据，党委书记径直来到了他的身边，递给他一张回北京的机票，告诉他："你母亲病危。"

邓稼先的心往下一沉，蒙了。试验成功后强烈的兴奋，担心母亲的哀伤，像一团火突然浸入了冰冷的水中，两种心情交织在一起，让他顿时有些心慌意乱。

加满油的吉普车已经等在了身边。邓稼先上了车，立刻奔跑在无垠的戈壁滩上。那天，两个司机轮番开车，把邓稼先送到了乌鲁木齐机场。

此刻，他恨不得自己能生出一双翅膀来。

第二天下午，许鹿希等候在北京西郊军用机场，接上邓稼先，直奔医院。他似乎听到了母亲轻轻的呼唤。

邓稼先赶到医院时，母亲昏睡着，床边挂着吊瓶。邓稼先扑在床边，轻握着母亲已经消瘦得皮包骨头的手。

邓稼先轻声喊着："姆妈，我回来了，我在这儿！"

母亲听到呼喊，微微睁开了眼睛。可是，老人的目光已经失神，但仍然透着一丝安慰的神情。母亲的手已经没有力气了，只用失神的眼睛看着他。邓稼先明白，母亲的心里有话，这么多年了，她极少见到儿子，心中一定有很多话要对儿子说，但是她没有说出来。母亲已经不能对他说

邓稼先
功勋泽人间

什么了。

邓稼先看到母亲的枕头下面，压着一张红色的号外，露出了一角。他明白了，母亲的眼神是在告诉他：稼先，娘生这样重的病，你不能来陪我、照顾我，娘不怪你，可是你的工作太苦、太累、太紧张了，娘为你担心啊！

母亲王淑蠲年老时备受哮喘病的折磨，在她最需要儿子邓稼先照顾的时候，他却长年奋战在西北高原或者戈壁滩上。老人的哮喘肺炎发展到肺不张，手术也没有让她的病好转起来。她弥留不去，一定是在等着见儿子邓稼先的最后一面。

事实也果真就是这样，母亲在见到邓稼先后，脸上现出欣慰的神情，终于安稳地永远睡着了。

这是母子俩最后的诀别。

邓稼先陷入了巨大的悲恸之中。

邓稼先做了第一次手术，只能静卧。

到了第四天，从麻醉状态醒过来，他就忍不住这种"闲静"了。这几十年，他从来没有这么"闲"过，闲得心里发慌。他颤抖着手写了一张纸条，要研究院从四川给他送材料和书籍，要关于国外核武器进展的资料，还要一大堆英文、法文、德文、俄文的杂志。

静卧只能限制他的双腿，却不能限制他的大脑。他的大脑运转得似乎更快了。

他对许鹿希说："我有两件事必须做完，那一份建议书和那一本书。"

邓稼先要抓紧这段住院的时间。他想到了写书。在此之前，他已经动笔，写的是群论。他对作为原子核理论工具的群论特别感兴趣，如果不是工作太繁重，他或许早已写完了这本著作。即使这样，他还是挤时间写了好几万字。现在，他可以接着写了。可是转念一想，他还有好几个挂在心上的问题尚未得到很好的解决，必须先解决了这些放心不下的问题。

病情稍有缓解，他就开始偷偷地在病房里工作了。去探病的亲友常遇到他的同事在病房，总是有事要同邓稼先商量。亲友们一起身告辞，病房立即变成了会议室。

邓稼先翻着堆在床头桌上两尺多高的书籍和

资料，想到了什么问题就马上给九院领导打电话，谈工作，定方案。

他请于敏同志来，谈关于我国核武器发展的设想，要和于敏等人一块研究起草一份向中央的建议书。他认为，核武器同别的尖端科学一样，世界各大国都在全力以赴向前迅跑，我们必须眼睛盯着，心里想着，手上干着，不然就要挨打。这是他心魂所系的地方，比他自己写书、比别的任何事都重要。

然而，疾病和化疗对他的损伤太大，他的身体太弱了。眼看着时间一天天逝去，他决心置一切于不顾，集中全力来干这件事，给中央的建议书。

这不是一般的建议书。这是有关在国际核竞赛中我国能否取得强国地位的一件大事，是涉及我国核武器事业战略决策的大事。它直接关系到我国的国际地位，关系到中华人民共和国在国际事务中的发言权，事关重大。

1996 年 7 月 22 日，在邓稼先逝世 10 年后，《光明日报》发表了一篇《十年，我们时刻怀念》

的文章，作者有三位，分别是：原九院科技委主任、中科院院士于敏，邓稼先的继任者、原九院院长、中科院院士胡仁宇，当时的九院院长、中国工程院院士胡思得。这篇文章怀念了邓稼先不顾重病缠身，亲自组织研究讨论，起草给中央的报告，申述意见和建议，极其简明扼要地提到了这份建议书的内容、作用及其深远意义。

文章说：

> 十年前，已身患重病的稼先以他高度的政治敏锐性和深厚的业务功底，通过对核大国当时发展水平和军控动向的深刻分析，认为核大国设计技术水平已经接近理论极限，不需要进行更多的发展。因此有可能出于政治上的需要，改变它们先前坚持的主张，做出目的在于限制别人发展、维持其优势地位的决策。
>
> 核大国这种举动，对他们自己已不会有什么重要影响，而对于正处在发展关键阶段的我国，则会带来非常严重的后果。

当时的国际核武器发展形势是，美国于1945年进行了世界上首次核试验，苏联、英国分别在1949年和1952年进行了各自的首次核试验。这三个国家在世界上处于核垄断地位。因为核武器有着极大的破坏性，令国际社会震惊，许多国家为此发出了禁止核试验的呼声。因此，直到美、苏、英在基本掌握了大气层核爆炸的效应数据，完善了他们的地下核试验技术之后，才于1963年签订了部分核禁试条约。

到了20世纪80年代，情况发生了根本性的变化。"核大国设计技术的水平已经接近理论极限"，他们已经可以达到实验室模拟，以取代实际的爆破试验。也就是说，他们再也不用到空中、地下去搞核爆炸试验，只用计算机就能得到通过爆炸试验所需要得到的一切。

这些核大国发展到了这个水平，它们当然就想禁止别的国家再做核试验，以此来保持自己的核强国地位。这是一个必然的发展趋势。而我们，则要抢在时间的前面。

这便是邓稼先急着要向中央提建议书的由来。

这份建议书，具有超常价值的地方在于它"提出了争取时机，加快步伐的战略建议以及需要集中力量攻克的主要目标，并且非常详细地列出达到这些目标的具体途径和措施"。

文章说："十年之前，我们的事业正处于十分关键、十分敏感的发展阶段，如果一旦受到干扰和迟滞，就会丧失时机，产生稼先所指出的'多年努力，将功亏一篑'的严重后果，将对国家造成不可弥补的巨大损失。"

"严峻的形势，使邓稼先万分焦急。他不顾重病缠身，亲自组织研究讨论，起草给中央的报告，申述意见和建议。"

这份建议书，凝聚着邓稼先和同事们的心血，客观又科学。其后若干年内，我国为追赶世界核大国的地位，依据的就是这一份可行的实施计划。

然而，上天留给邓稼先的时间已经不多了。

这期间，邓稼先做过两次大手术、两次小手术，还有化疗、放疗和中药的治疗，结果都未能控制住癌症的恶化。

他感到了时间的紧迫，几乎是置一切于不

顾，和生命进行最后的赛跑。

那时候，因为疼痛剧烈，他需要不断注射止痛针。他身上的针眼密密麻麻，皮肉都被扎烂了，常常是满头虚汗。就是在这样的情况下，邓稼先以高度的责任感和事业心，以顽强的意志，在病榻上思索、工作，拼命要做完这一件事。

1986年3月29日，邓稼先又做了一次小手术，取活体组织检查，因为癌细胞转移明显加快了。

写建议书时，他开始做化疗，向血管内点滴药水，一次治疗要好几个小时。他只能躺着或靠坐着，边治疗边看材料。妻子在旁边不断地轻轻地给他擦拭满头的虚汗。他在和生命赛跑。

在一张给同事的字条上，邓稼先写了一些关于建议书的修改意见。在纸条的背面，他顺笔写了一句话："我今天第一次打化疗，打完后人挺不舒服的。"

这张纸条上因为有建议书的修改意见，所以这句话至今仍然属于机密。

病房，实际上成了邓稼先的办公室。

邓稼先和同志们反复商讨，由他和于敏二人

在1986年4月2日联合署名，完成给中央的关于我国核武器发展的极为重要的建议书。这份建议书，饱含着九院多位科学家的心血和智慧，是为国家领导人做最后决策提供的重要参考材料。

邓稼先忍着化疗带来的痛苦，艰难地对报告做一字一句地推敲、修改。抢在大手术前，还满满地写了两页纸，提出了报告的内容还要做哪些调整。最后如何润笔，报告应送哪里等意见。当时的天气虽然不热，他在写东西的时候，仍然需要妻子在身边不停地为他擦着虚汗。

在两次治疗的空隙，他常常坐在橡皮圈上伏案修改建议书。靠着坚强的毅力，忍受着病痛残忍的折磨，终于改完了建议书的稿子。

那天，邓稼先让妻子快点将建议书送走。当许鹿希抱着这份材料走到病房门口时，他叫住了妻子，看着她，只说了一句话："这比你的命还重要！"

"这比你的命还重要！"这就是一个临近人生终点的科学家对祖国最后的牵挂。

谁能想到，三个多月后，邓稼先便逝世了。

在他去世之后，九院的继任者们依此继续前进十年，使我国最终达到了那个高度。

"稼先去世后，他的继任者们，始终是围绕着这份建议书的精神在贯彻、执行。"

"这十年来，他生前非常关心并注入巨大心血的几项重大科学难题与技术关键，正按照预定的目标实现突破和发展，在为我国国防现代化建设服务。"

"十年来的形势变化，完全证明了建议书的正确性。"

对核武器试验定出长达十年的高目标计划，同时在实现途径和措施上做出非常详细的安排，并被实践证明完全正确。这样一种预见性，在科技史上是罕见的。

于敏等三位同志满怀深情地回忆："每当我们在既定目标下，越过核大国布下的障碍，夺得一个又一个的胜利时，无不从心底钦佩稼先的卓越远见。"

因此，当时的组织领导者，特意选定1996年7月29日，邓稼先逝世十周年的日子，进行了我国在核禁试前的最后一次（第 45 次）核爆试验，以此使人们永远铭记邓稼先对我国核武器研制事业的不可磨灭的贡献。

在核爆试验成功的当天，我国政府立即发表声明："1996 年 7 月 29 日中国成功地进行了一次核试验。中华人民共和国郑重宣布，从 1996 年 7 月 30 日起，中国开始暂停核试验。"它显示了中国与其他核大国一样，跨过了原子弹、氢弹、小型化和中子弹以及核禁试等阶段，屹立在世界的东方。从此，寂静的罗布泊将被人们永远怀念。

邓稼先以他对祖国的无限忠诚、强烈的民族责任感、无私的奉献精神和深厚的科学造诣，继原子弹、氢弹、第二代核武器之后，建造了他在事业上的第四座里程碑。

中国终于与其他核大国一样，进入了在实验室模拟的自由天地。

如今，我们回过头来看这份建议书的重要性，不论怎样估量都不会过分，因为，在这个还有人挥舞着"核大棒"进行恐吓的地球上，它能使我国人民平安地过上安定长久地搞经济建设的幸福日子。

邓稼先

功勋泽人间

1985年秋冬，单位要进行党员登记。

此时，邓稼先刚做完大手术才两个月。组织上考虑到他的身体状况，特意告诉他，文件不用学习了，填表可以让别的同志代笔。

可是，邓稼先坚决不同意。过去，在基地工作最紧张的时候，他都一定会去参加党的基本知识的考试。党内的各种活动，他都以普通党员的身份认真参加，即使在1982年中国共产党第十二次全国代表大会上当选为第十二届中央委员以后也是如此。

此时，他借来一套文件，认真读了一遍，然后填写了党员登记表。

他的收获体会写了一千多字，登记表上写得密密麻麻。对党和祖国的事业，他有着忠贞不渝的深厚感情。这深厚感情是在年轻时种下的，如今已长成参天大树，根深叶茂，硕果累累。他对党的感情纯粹，不掺任何的杂质。他深深地爱着自己的祖国。

九院党委的同志们收到邓稼先的登记表后，许多人感动得热泪盈眶，他们说："要都像老邓这样，哪里还用得着整党？"

这是邓稼先的信仰，对祖国、对中国共产党的信仰。信仰给了他生命不已、追求不止的动力，信仰让他战胜了许许多多的艰难困苦。即使在最困难的时候，他也没有对信仰丧失希望。

"文化大革命"时期，许鹿希是北京医学院的讲师，还担任着一个系的党总支书记。第一颗氢弹爆炸成功后，邓稼先回北京汇报工作，见到了被造反派反复折磨的妻子。她已是一个失去往日神采的瘦弱不堪的女子，不健康的脸色透着倦容。邓稼先的心里一阵酸楚，但是他无能为力，无法保护妻子。

其后，一桩桩的不幸，接连降临到了邓稼先的头上。1968年，他的三姐邓茂先突然含冤而死。邓稼先最大的姐姐很小就去世了，他的大姐邓仲先实际上是二姐，三姐小时候长得天真淳朴又美丽，一天到晚无忧无虑，生活中一直过得很顺利，没受过什么磨难，所以突然遇到劫难便难以承受。

三姐含冤而死，让邓稼先非常痛苦。

那年，邓稼先的女儿平平还不到15岁，就被

邓稼先

功勋泽人间

下放到了内蒙古一个牧区。邓稼先不放心女儿，每当看见西部牧民尾随着成群的牛羊从身边走过，他就会想起女儿，女儿也在牧区，说不定也有一群牛羊被牧羊人驱赶着，从她的身边走过。她那么小，能承受得了生活的风雨吗？

邓稼先争取到一个出差机会，特意赶往内蒙古去看她。在辽阔的牧区大草原，他找到了女儿的连队。女儿变黑了，头发黄黄的，看上去那么弱小。她的年龄太小了，又受了太多的苦。连队的粮食吃完了，他们曾连续吃了一个星期的野菜糠窝头，干的却是挖水渠的重体力活。看着女儿狼吞虎咽吃着他带去的肉罐头，邓稼先将泪水咽进了肚子里。他是父亲，此刻却不能当一棵大树，为女儿遮风挡雨。

又有一次，邓稼先从基地回到了北京，妻子不在家，女儿在内蒙古牧区，他把住在爷爷家的儿子接回来。此刻，一家四口人，却待在四个地方。这些事怎能不分他的神，又怎能不撞击他的心呢？

1973年，他的父亲病故。1976年，他的岳母病故。没几天,周总理逝世。

这所有的打击和艰难困苦,都没有让邓稼先垮下来。他的心中,事业至上,祖国利益至上。正是对祖国充满了深沉的热爱,支撑着他和他的同事们,克服了难以想象的困难,一批人完成了其他国家几批科学家才完成的任务,一口气从原子弹到氢弹到中子弹,从小型化迈进到电脑模拟核试验。

许鹿希和邓稼先结婚33年,朝夕相处的日子不过6年,而能过快乐而平凡家庭生活的只是结婚后的前5年,其余时间,许鹿希除了思念就是担心。即使在邓稼先身患重病后,他也不能完全属于她。因为,邓稼先虽然到了生命的尽头,可是他的事业却处在一个关键、敏感的时期,他害怕有可能功亏一篑,为此他忧心如焚,仍然一心扑在国家的事业上。

可以这样说,在我国的核武器事业中,邓稼先奉献的是生命,许鹿希牺牲的是幸福。

一段时间的化疗之后,因为白细胞数目太低,血象太差,必须中断治疗。医生同意邓稼先回家休养两三个月。

邓稼先知道让他回家的原因，估计自己的生命期限大概只有几个月了。

回家养病的那一段日子，虽然他的心里难免会罩上绝症带来的阴影，却仍然常常显露出天真的童心。他是非常热爱生活的。

地坛庙会自从恢复以后，他就没有去过，现在有时间了，他就想去一趟。

那天，许鹿希陪他去逛了地坛庙会。庙会上人山人海，各种小吃、土产品令人眼花缭乱。邓稼先被这盛会感染了，来了精神，似乎忘记了自己虚弱的身体，也忘记了自己的年龄，像个孩童似的，什么都要看一看，什么都想尝一尝。他吃了三个春卷，又吃了三个艾窝窝，兴奋地继续转来转去。

一个摊子上卖宜兴土产小汽锅，他立刻想到于敏最喜欢吃汽锅鸡，马上买了一个，送给了这位和他交往了几十年的老朋友。

邓稼先也喜欢忙里偷闲，有好电视，特别是有中国女排参加的决赛，他就会看完电视再工作。看到中国队得分，他会像孩子一样高兴地站起来鼓掌。没有生病之前,他有时到北京开会,晚上一有空就会溜到剧场去,一手举着钱,一边问别人:"有富余票吗?"他甚至能从来人的脚步和眼神中判断出谁是想退票的人。

....

遗憾的是,因为身负核武器研制的重担,他能享受生活乐趣的时间实在是太少了。

已经62岁的邓稼先,这位中国核武器研制事业的开拓者、二机部九院院长,也是一个晚期癌症患者,此刻不好好休息,心中还想着他要写的著作。那天,他身上挂着一个引流瓶,挤公交车去北京图书馆查资料。从图书馆回来,刚下公交车,他就被一位来北京开会的同志认出来。这位同志是到他家里来谈工作的,下公交车时,发现邓稼先从另一个车门下来了。他大吃一惊,深感意外,也非常感动。

邓稼先完全可以要一辆小汽车的,但是他不要。多年来,邓稼先严格要求自己,不搞特殊,已经养成了习惯。他喜欢随着习惯走。

有一次,许鹿希生病住院,他探视回家遇

上了大雨，就那样淋着大雨去挤公共汽车，也不肯向单位要车。邓稼先觉得这是私事，公私应该分明。

可是，即使是公事，他也是能节约就节约。有时候回北京要工作一段时间，他总是要买一张汽车月票。他说，挤公共汽车让他心里感到踏实。

有人对邓稼先不理解，觉得他这样自我约束是过了头，对自己太苛刻了。其实，这是邓稼先内心道德观念的力量使然。同时还有另外一个原因——几乎是与生俱来的个性使然，他不愿意引人注意，很怕出风头，愿意永远在大众之中，这样他才自在。

这种性格和美德当然也体现在工作上。在许多核武器的重大理论性和探索性工作上，邓稼先不仅在研究中做出了重要贡献，而且常常是把关者和最后拍板的人，他亲自执笔写过很多方案，却总是不署名或把自己的名字放在最后。

这就是邓稼先的性格。这样的性格不也是一种美德吗？

第七章

死而无憾
不要让人家把我们落得太远

1986年5月16日,邓稼先做了第二次大手术,清扫癌瘤侵犯的部位,以减少疼痛和延缓疾病的发展速度。但是,癌细胞已侵及手术刀无法达到的要害之处了。

手术之后,邓稼先的身体越来越虚弱了。

邓稼先除了和别人谈工作,还在拼命干着另一件事,就是写那本预计80万字的大部头的书。他想抢时间把书写出来,可是,那该有多艰难啊!

邓稼先

功勋泽人间

邓稼先列了一个很长的书单，让人回基地时从他的书架上一本一本地挑选出来，全部帮他带到病房里来。他还让人从图书资料室帮他借来了大量的书籍和杂志。他准备大干一场，完成自己的心愿。

可是，他忘记了自己已是一个做了两次大手术的癌症患者，被剥夺了刻苦读书钻研工作的人。医院有规定，病房里的桌子上不准摆工作用书，放一本都不行。护士的要求很严格，毫不留情。邓稼先只好细心地将资料藏进壁橱和衣柜，让悬挂着的长长的衣服作为它们的"防护墙"。他知道晚上8点以后护士不大会进病房了，这时候，他才悄悄地看资料写书。

邓稼先有信心战胜病魔。

那天，他三姐的孩子小捷给他带来了美国乡村音乐《我的肯德基》的磁带，放给他听。听着音乐，他渐渐入了神。他的目光里放出一种光来，那是对未来美好的憧憬和向往。

听完音乐，邓稼先似乎忘记了重病在身，高兴地对小捷说："小捷，这次我出院后不能再做原来的工作了，但是我有好多事情要干，这些工作都是很有意义的。我想搞原子能的和平利用，它能直接造福于人类呀。你知道吗？原子能和平利用的工作既有意义，又有意思。"

邓稼先沉浸于美好的憧憬里，继续说："你听说过吗？猪肉在常温下放两个月还和原来一样新鲜，你注意，一样新鲜。"

小捷说："啊，明白了，罐头只是防腐，不能保鲜。"

邓稼先说："对。不仅猪肉，许多食品都可以用原子能防腐保鲜。再譬如咱们普通常用的避雷针的保护半径只有避雷针安装高度的 1～1.5 倍，而放射性同位素做成的避雷针的保护范围比它要大几倍到几十倍。"

小捷一听有了兴趣，照这么说，原子能好像可以到处创造出奇迹。

邓稼先笑了笑，说："现在还不能说到处，可是奇迹也真不少。就说菊花吧，李商隐的诗里说，暗暗淡淡紫，融融冶冶黄。现在用原子能辐照后，菊花的颜色可多了，出现了双花直到五朵花并蒂，花的直径最大能到 38 厘米。更有意思的是，1979

邓稼先
功勋泽人间

年用原子能照后的一棵菊花，第二年6月24号就提前开花了。"

小捷笑了，开玩笑说："看来，孕妇辐照一下，5个月孩子就可出生了。"

邓稼先也笑了。如果有可能，他当然更愿意将原子能用在人们的生产与生活上，将便利和幸福带给人间。同样多的物质，原子能要比化学能大几百万倍甚至一千万倍以上，1千克海水中的氘聚变后，产生的能量相当于300升汽油。原子能和平利用的广阔前景是难以估量的。

但是，不容乐观的国际形势，核大国的威胁与讹诈，让他只能承担核武器的研制，这或许是一种被迫无奈之中追求和平的办法，用原子能造福社会，留待以后吧，他有信心。

1986年3月，邓稼先用手比划中国第一颗原子弹的大小

第七章 死而无憾 不要让人家把我们落得太远

邓稼先又说:"另外,你知道不,杨振宁在规范场方面的造诣非常之高,是他一生在物理学领域的最高成就,它比起'宇宙不守恒'来,对物理学的贡献还要基本,意义还要深远。如果不是因为已经得了一次诺贝尔奖的话,凭着规范场的成就,杨振宁完全可以再得一次诺贝尔奖。我对规范场也很感兴趣,我还想把规范场的书写出来,我已经写过一点我自己思考的东西,给别的

1986年3月,邓稼先在医院中用手比划第一颗氢弹的大小

同志看过，他们还挺赞赏呢！说实话，我还想搞计算机。我很喜欢自由电子激光，能搞成连续可调控的激光器，非常有意思。"

邓稼先一口气说了这么多的计划，仍然是雄心勃勃。他有太多的想法要去实现，有太多的事要去做，他的状态，根本不像一个身患绝症的人。一个正值盛年，如此有才华的科学家，生命留给他的时间却是如此的吝啬，想来，令人酸楚。其实，是他把时间挥洒出去了，为了国家，他将时间忘我地奉献出去了。

那段时日，邓稼先一边接受治疗，一边还在思考一个曾经在他脑海中萦绕了许久的工程，那就是核废料的危害问题。

他向来病房看望他的省长同志建议，核废料要用剥离固化的方法处理后再深埋，这样即使发大水，也冲不走，可以保护老百姓不受核废料污染带来的伤害。

如何化废为宝，邓稼先想过许多方案，希望能找到一种既可以把核废料的危害排除，又可以为国家赚到钱的一举两得的设想，可是，直到他

第七章 死而无憾

不要让人家把我们落得太远

离世，仍然没有得到解决。

这成了邓稼先生命中不能实现的众多遗憾之一。

第二次大手术之后，邓稼先变得爱回忆往事了。生活中的点点滴滴，都能勾起他的回忆。他的回忆细腻，充满了感情。这些回忆，实际上是在重新咀嚼一生中的欢乐和痛苦，有时，他甚至能极冷静极客观地透视自己一生中的某些失误之处。

这是一个人在生命最后一幕时自然无觉的留恋吗？

有一次，邓稼先对来看望他的一位年轻人说："《大卫·科波菲尔》这本书你读过吗？"不等年轻人回答，他便说："我来给你背一段，你听听。"

接着，邓稼先用流利的英语像朗诵似的背着："O Agnes, O my soul! so may thy face be by me when I close my life indeed; So may I, when realities are melting from me like the shadows which I now dismiss, still find thee near me, pointing upward!（噢，艾格妮斯，噢，我的灵魂。当我的一生真正完结了的时候，但愿你的脸也像

这样在我的身边！当现实像现在舍去的身影一样从我眼前消失的时候，但愿我依然见到在我身边向天上指着的你！)"

艾格妮斯是大卫·科波菲尔深情钟爱着的妻子，两人青梅竹马，终于结成幸福的伴侣。邓稼先此时背诵这一段，想必是心中有所思，或是有所预感吧。

许鹿希看着他背诵这一段，心中隐隐地痛楚。

有人说，一个有深刻思想和丰厚感情的人，在他行将告别这个世界之前，必将检索出他一生中所有值得留恋的地方，甚至愿意去承受告别回忆中带来的情感上的痛苦。这种回忆，本身就是一种告别，对世界的告别，对挚爱的告别。邓稼先是在默默地向这个世界、向祖国、向挚爱的亲人告别吗？

邓稼先似乎太累了，目送探视者离去，病房的门轻轻关上，慢慢地躺下要休息一下。躺下的时候，他的手竟然摸索着握住了放在床边的一本《简明核工程手册》。这本工具书中，有从事核工业研究所需要的各种数据。几十年来，这本工具书和另一本《量子场论》，是他必定要带在身边的。

此刻，他躺在病床上，闭目养神，握着那本书，心神俱安，一切归于平静。就像当年那无数次的粗估时刻，他似乎是怀念那样的体验，又似乎是太累了，静静地让自己休息片刻。

谁能感知到他心中掠过的金戈铁马、风猎长空般的电闪雷鸣呢？静寂的病房中，他跳动的心牵挂着祖国的未来……

身体稍好，邓稼先开始去访旧，去看一看曾经战斗过的地方。这么多年来的奔忙，他根本没有时间喘口气，回首看一眼。若不是因病休息，他也根本没有这个时间。

如今，旧地重游，他的心境却完全不同了。

一天，他坐车到了三号院，那一座灰色楼房，是二十几年前他和一群年轻人最初搞设计的地方，当年的年轻人，如今全都五十开外了。"昔人已乘黄鹤去"，他的脑海中闪过这句古诗，心中别有一番感受。看着进进出出的年轻人，他的嘴角露出一抹欣慰的笑。或许，这就是最后的告别。

邓稼先

功勋泽人间

在医院待久了，邓稼先就想回家。国家要给研制核武器做出过重大贡献的人颁奖，地点在人民大会堂。那天下午，要求每一位受奖者先去练习一下排队和走步。医生批准邓稼先出了医院。但是，邓稼先没有去人民大会堂，而是径直回了家。他一直都想回家，这么多年，他在家里待的时间太少了。随着病情一天天加重，他更想回家了。他渴望着家的氛围。这种氛围，正常人也许并不在意，但是对于邓稼先来说，却有着极不平凡的意义。

家里一切如常，他离开家已经又是两个多月了，这次不是出差，而是去医院。他在家里东看看西看看，都是那么熟悉，令人触景生情。他和儿子欢笑着甩放鞭炮的晒台，从夜晚忙到天亮的红色电话机，曾经为了工作苦思冥想时躺过的那张床，喝酒时自己独霸一方的木桌，杨振宁来访时坐过的那一对旧单人沙发，还有他喜爱的收录机、书橱、笔筒、台灯……

那天的晚饭，他是在家里吃的。他没有什么话，脸上也没有露过笑容。

第七章 死而无憾 不要让人家把我们落得太远

邓稼先在生命的最后几个月里，情绪消沉的时候并不多。他的时间大多被工作上的事情占去了。他未患病时，他们的研制工作已经进入取得新的突破的阶段，但是任务还没有结束。未完的工作需要身患重病的邓稼先继续贡献脑力和智慧。但是，他的身体已经不允许他再这样透支了。

同事们当然不忍心轻易去打扰他，但是许多事情都要听他的分析和看法，许多重大问题也需要他来拍板。有时候，同事们几乎是轮番到病房来看他，更多的却是和他谈工作。对于邓稼先来说，只有谈工作才能让他快乐。

只要谈工作，邓稼先就似乎忘掉了一切，疼痛也减轻了，有时竟眉飞色舞地说个不停。直到他看见护士进来，才猛然意识到这里并不是办公室。

邓稼先做了第二次手术后，疼痛得越来越厉害。有一天，他对前来探望的一位亲属说："痛起来像用杀猪刀捅一样。"每次大痛，他虽然痛得汗流不止，却从来不叫嚷，最多只是哼几声。

难以忍受的疼痛时常剧烈地袭来，邓稼先

邓稼先 功勋泽人间

忍受着身体上的巨大痛苦，许鹿希却是痛在心里。"我经常嘱咐医生给他注射止痛剂，因为在最后的日子里，他太疼痛了。如果不用止痛剂，他疼都会疼死的！"身为医学博士，许鹿希丝毫没有办法减轻丈夫的痛苦，只能陪着流泪。

疼痛有所减轻的时候，邓稼先常常回忆起别人的长处和功劳，尤其常常怀念与之长期共事的牺牲者。他对朋友说："郭永怀教授死得太早了，要是他在，我们的激光加速器一定会早几年搞出来。"他还说："钱晋死得很惨，他贡献很大，就是当时名气小了一点，不然的话，不至于……"每每提到共事的同志和朋友，他便非常怀念和他们在一起的时光。

后来，邓稼先的身体越来越差，虚弱得下床走几步就是一身大汗。

他很少再谈工作了。

那天夜里，是单位的李锦秀医生来陪床。因为白天太累，李医生睡得很死。半夜，他被一个很重的声音惊醒了，只见邓稼先摔倒在地上。李医生急了，忍不住怒斥邓稼先："你为什么不叫我，为什么?"

邓稼先看到他睡得太熟，不忍心叫醒他，自己起身去卫生间，不小心就摔倒了。说实话，这个时候，邓稼先没有必要还去过分照顾一个健康年轻人的休息，这是一种无谓的损失，如果真摔出了什么事，那可如何是好？李医生心疼得厉声责备他："你知道我来这里是做什么的吗？"

邓稼先说："我看你睡得太香了，我觉得自己还可以做这点事。"

天已蒙蒙亮，新的一天到来了。

邓稼先亲切而缓慢地说："小李，做人可不容易呀。人不能做坑人的事，我这一生就没有做过坑人的事。"

邓稼先大概又想到过去的事，有了这个感触……

1986年7月15日，国务院代总理万里到医院看望邓稼先，告诉他，国务院决定授予他全国劳动模范的荣誉称号。这是国家"七五"计划期间，第一次颁发全国劳模的荣誉称号。

2天后，李鹏副总理来到病房，授予邓稼先

"全国劳动模范"的奖章和证书。

7月17日下午，身在解放军总医院病房的邓稼先服了加倍的止痛药，才吃力地表达了他对党和国家的谢意，诚恳地说出了他一贯的最真实的想法。

邓稼先非常重视，特意准备了一个讲话手稿。

讲话手稿全文如下：

昨天，万里代总理到医院看望我，今天，李鹏副总理亲临医院授予全国劳动模范称号，感到万分激动。核武器事业是要成千上万人的努力才能成功，我只不过做了一小部分应该的工作，只能作为一个代表而已。但党和国家就给我这样的荣誉，这足以证明党和国家对尖端事业的重视。

回想解放前，我国连较简单的物理仪器都造不出来，哪里敢想造尖端武器。只有在共产党领导下解放了全国，这样才能使科学蓬勃地开展起来。敬爱的周总理亲自领导并主持中央专门委员会，才能集中全国的精锐来搞尖端事业。陈毅副总理说，搞出原子弹，外交上说话就有力量。邓小平同志说，你们大胆去搞，搞对了是你们的，搞错了是我中央书记处的。聂荣臻元帅、张爱萍等领导同志也亲临现场主持试验，这足以说明核武器事业完全是在党的领导下取得的。

  我今天虽然患疾病，但我要顽强地和病痛做斗争，争取早日恢复健康，早日做些力所能及的科研工作，不辜负党对于我的希望。谢谢大家。

  是的，邓稼先说得对，他只是一个代表，但是，他是一个十分杰出的代表，是我国核武器事业中千百万人中的杰出代表。

  他是忍受了多么大的痛苦，才能接过这沉甸甸的奖章和证书呢？这个日子，距离他逝世只有12天。

  女儿典典终于从美国回到北京了，这是1986年7月20日的凌晨。

  这几个月来，邓稼先都是日夜思念着女儿。

邓稼先
功勋泽人间

许鹿希希望父女俩相见时，感情上能尽量平稳一些。她让女儿倒时差先睡一会儿，自己像是说平常事一样，把女儿到来的消息告诉了邓稼先。

上午10点多钟，邓稼先见到了女儿。父女相见，抱头痛哭。典典一年来在美国读研究生，要学很多门课程。她不提爸爸的病情，只向父亲汇报自己一年来在美国的学习和生活。邓稼先认真地听着女儿的每一句话，完全陶醉于这融融亲情之中。女儿告诉爸爸，自己在国外很节俭，对追求高消费和那些洋气的东西一点也不羡慕，穿的衣服都是国内带去的。

邓稼先听着，脸上浮现出甚感安慰的微笑。

父女俩在一起的那段时光，回忆成了主要的话题。那些断断续续的往事，成了他们对生活的总结和再品味，成为生命的焊接和抚慰。

典典从内蒙古建设兵团返京后，被分配在一家做箱子的工厂当工人，一干就是4年。1977年全国恢复高考的消息，让她看到了希望。她决心冲上去，为改变命运拼搏一把。可是，她实际上只有小学毕业的程度，没学过物理，连牛顿定律都不知道，请来的老师认为这样低的程度没法补课。所以，她参加高考的难度可想而知。但是，典典不气馁，每天利用下班后的时间拼命地补习功课。

她的作息时间很有特点。下班回到家，先吃一点东西，然后睡觉，到夜晚十一点起来读书。她要把被耽误的时间给抢回来。

邓稼先为女儿着急，可是自己身在外地，也帮不上女儿的忙。忧心中，恰巧有工作需要他在北京住三个月。这真是天降的福分。邓稼先喜出望外，决定亲自给女儿补课。

刚刚从"文化大革命"中走过来的中国，尚是一片文化沙漠。典典竟然买不到教科书。邓稼先骑上自行车，去旧书摊上买回来一本旧课本。用这本旧教材，邓稼先每晚给典典讲物理课，常常讲到第二天凌晨三四点。那三个月，父女俩一块儿拼命。也就是那短短的三个月，典典一步跨过了中学要学五年的物理课程。

不知道的人以为，一个物理学家教一个中学生，那是小菜一碟。而知道这件事的人却说："要一个整天搞尖端科学的院士教中学物理，真是难

邓稼先

功勋泽人间

为他了。"回忆起这件事,邓稼先不无得意地说:"够难的,教中学比教大学难。"

有时候大院里放电影,银幕两面都挤满了观众,大院里闹哄哄的。即使把门窗全部关闭,嘈杂的声浪还是会漫进屋子里。有一次吵闹声实在烦人,典典皱起眉头,问爸爸:"这么乱哄哄的,你如何能专心讲课,好像什么都听不见?"邓稼先顺手在一张白纸上写下了陶渊明的诗:"结庐在人境,而无车马喧,问君何能尔,心远地自偏。"

心远地自偏。典典一下子明白了,也理解了父亲。一个人若想有所成就,一定要能沉下心来,一定要有这样的修养和境界。

1978年,典典和弟弟同时收到了大学录取通知书,一个学医,一个学工。

如今旧事重提,典典为有这样一位好父亲而自豪。女儿伏在邓稼先的胳膊上,说:"爸,我在美国还常常想起这首诗。"

....

1985年,典典要去美国读研究生。临行的前一天,邓稼先突然问女儿:"你看过《走向深渊》

这部电影吗?"典典看了一眼爸爸,随口答道:"看过。"稍一停顿,她立即心领神会,对爸爸说:"爸,我不会的。"

《走向深渊》是一部埃及电影,取材于一个真实事件。女大学生阿卜莱在法国巴黎文学院求学期间,因贪图享受,迷恋奢华的生活,被某国情报部门利用,并将在火箭基地工作的男友也拖下了水,逐步走向出卖国家利益的可耻深渊。

邓稼先提起这部电影,是想给女儿提一个醒,就像他当年离开北平去昆明,父亲邓以蛰给他的提醒:"稼儿,以后你一定要学科学,不要像我这样,不要学文。学科学对国家有用。"

时代不同了,对子女的关爱却是一样的,这是中国文化的纽带。

有一天,邓稼先拉着许鹿希的手,向她描述原子弹爆炸时的壮丽景象:奇异的闪光,比雷声大得多的响声翻滚过来,一股挡不住的烟柱笔直地升起,升向天空……沉浸在他自己创造的"大漠孤烟直,长河落日圆"的诗意中,他感到欣慰和自豪。

邓稼先

功勋泽人间

"我不爱武器，我爱和平，但为了和平，我们需要武器。假如生命终结后可以再生，那么，我仍选择中国，选择核事业。"他的声音虽然微弱，却是那么坚定。他望着许鹿希，目光深邃而平静，就像那风平浪静的戈壁大漠。

那天，在舒伯特迷人的音乐中，邓稼先又一次拉着许鹿希的手，默默地吟诵着肖贝尔的歌词：你安慰了我生命中的痛苦，使我心中充满了温暖和爱情……

邓稼先在疼痛难忍中的吟诵，是他用心唱给爱人的一首深情的歌。

可是，在生命即将走向终点的时候，面对相濡以沫、支持了他一生的爱人，这一句歌词又怎么可能表达出他的全部呢？

医学博士许鹿希，面对饱受病痛折磨的爱人，却束手无策，只能紧紧地抱着他哭泣。

苍天无泪。

第八章

两弹元勋
许身国威壮河山

病中的邓稼先,非常想念好友杨振宁。

自从那次杨振宁回国在北京见到了邓稼先之后,两人又有很多年未见了。得悉邓稼先患病,杨振宁非常挂心,终于,他有机会回国了。

1986年5月30日,杨振宁前往医院探望邓稼先。6月13日,他再次前往医院探望了邓稼先。

邓稼先见到老朋友,很高兴,连病痛都忘了。两人有说有笑,谈了许多话,后来又在病房的走

邓稼先

功勋泽人间

1986年6月拍摄于北京。杨振宁（右）到医院看望病中的邓稼先

廊上合影。

合影照片上，邓稼先的右嘴角下有一块血迹。他那时已病入膏肓，口、鼻不断地出血。但是，他的笑容却是那样的真实。

告别是艰难的。或许，这将是人生的永别了。两位物理学家当然都明白，天地者，万物之逆旅；光阴者，百代之过客。但是，生命无憾，他们都为祖国、为科学、为天下苍生贡献了自己全部的心血和智慧。

紧紧地拥抱，为老友默默地祝福。

时光无法磨灭两人的友情，英雄相惜，他们热爱祖国、热爱科学的灵魂是永远相通的。

杨振宁送给邓稼先的那一大束鲜花，被摆放在病房的窗台上，邓稼先常常凝视着，在剧痛中得到了许多的安慰。

那天，邓稼先平静地对妻子说："外国人的习惯是在朋友的墓前送上一大束鲜花，振宁他知道我不行了。"

回到美国后，杨振宁想办法搞到了当时尚未上市的一种治癌新药，请中国驻美大使馆通过信使迅速送往北京。

············

1986年6月24日，中央军委决定对邓稼先解密。

这一天，《人民日报》《解放军报》都在显著版面，同时刊登了《"两弹元勋"邓稼先——名字鲜为人知，功绩举世瞩目》的长篇报道，首次公开宣告了邓稼先与原子弹、氢弹的关系。此刻，世人才知道邓稼先是干什么的。

然而，天命难违，国家尽了一切力量，却无

法挽回邓稼先的生命。

1986年7月29日，邓稼先终因全身大出血而与世长辞，终年62岁。

一颗科学巨星就这样不幸陨落了。

邓稼先用他最后的呼吸回应了28年前的领衔受命：死而无憾！他临终前留下的话仍然是如何在尖端武器方面努力，并叮嘱："不要让人家把我们落得太远……"

大捷而身死，马革裹尸还。

1986年8月4日，邓稼先追悼会召开。国务委员张爱萍致悼词，给予邓稼先极高的评价。

"邓稼先同志为我国的核武器研制事业兢兢业业，呕心沥血，孜孜不倦地奋斗了28年。从原子弹、氢弹原理的突破和试验成功及其武器化，到新的核武器的重大原理突破和研制试验，他都做出了重大贡献。他作为主要参加者，曾获全国自然科学奖一等奖和国家科学技术进步奖特等奖。他是我国核武器理论研究工作的奠基者和开拓者之一，是我国研制和发展核武器在技术上的主要组织领导者之一。"

第八章 两弹元勋 许身国威壮河山

"当外国撕毁协定后，他和他的同事们一起，发扬独立自主、自力更生、艰苦奋斗、发愤图强的精神，以坚定的信心，克服了种种困难，为我国第一颗原子弹试验成功立下了卓越的功勋；接着，又突破了氢弹技术难关，成功地爆炸了第一颗氢弹，为打破超级大国的核垄断，增强我国的国防力量，保卫世界和平做出了不可磨灭的贡献。"

邓稼先的岳父许德珩先生已经90岁高龄，闻此噩耗非常悲痛，在病中写下了大幅挽幛悼念邓稼先："稼先逝世，我极悲痛。"

张爱萍将军是邓稼先的老领导，前后共事达20多年，得知邓稼先逝世的消息后，悲痛不已，书写悼词，痛悼邓稼先：

> 踏遍戈壁共草原，二十五年前。连克千重关，群力奋战君当先，捷音频年传。蔑视核讹诈，华夏创新篇。君视名利如粪土，许身国威壮河山。哀君早辞世，功勋泽人间。

张将军的词大处落墨，字字千钧。"君视名利如粪土，许身国威壮河山。"是概括邓稼先一生的点睛之笔。张将军还亲笔写下了"两弹元勋邓稼先"的著名题词。

两弹元勋邓稼先 张爱萍

1986年，张爱萍将军为邓稼先题词

鞠躬尽瘁，死而后已。这是邓稼先一生光辉的写照。

追悼会的当天，全国各大报刊登了新华社发的追悼会消息和悼词。同一天，美国《纽约时报》也刊登了新华社发的新闻。杨振宁先生从美国将剪报寄给了许鹿希。

与邓稼先共同奋斗多年的同事和战友，挥泪写文章或做报告纪念他。胡思得是1958年分配至九院的28位大学毕业生之一，为邓稼先写了传记。邓稼先的老同事杜祥琬含泪写下了《悼老邓》一诗：

第八章 两弹元勋 许身国威壮河山

> 和平岁月未居安，一线奔波为核弹。
> 健康生命全不顾，牛郎织女到终年。
> 酷爱生活似童顽，浩瀚胸怀比草原。
> 手挽左右成集体，尊上爱下好中坚。
> 铸成大业入史册，深沉情爱留人间。
> 世上之人谁无死，精忠报国重如山！

其中"牛郎织女到终年"一句，是邓稼先、同时也是很多搞尖端武器的同志们所共有的一种牺牲。他们长期"踏遍戈壁共草原"，夫妻团聚的时间很少。

从1985年7月31日——邓稼先住院的那一天算起，到1986年7月29日，是许鹿希与丈夫相处的最后一段日子。即使在邓稼先生命的这最后一年，他也不能完全属于她，身在病床的邓稼先还在为未竟的事业做最后的拼搏。

真的没有想到，思念的终结竟然成为永别，这对许鹿希的打击太大了。

时光漫漫，斗转星移，许鹿希对丈夫的爱恋依然如故。这份至纯的爱情，折射出的是生命的绚烂、信仰的高洁、品格的纯净。

"如何评价我丈夫呢？我觉得他把自己的聪明才智都给了祖国和人民，他没有虚度一生，还是做了一些事情吧！"许鹿希神态淡然，平静的脸上有了欣慰的笑容。

邓稼先离世多年，其家中的陈设一如既往。许鹿希将丈夫生前用过的用具都标上了年代、使用日期，连邓稼先坐过的沙发上的毛巾都没有换过。"当年杨振宁来看望邓稼先，就是坐在那里。"许鹿希指着那对沙发说。

屋里有变化的，是多了一尊邓稼先的半身铜像，默默地陪伴着她。

许鹿希说："家里的一切都是邓稼先在时的模样。只有这样不离不弃，才能感到邓稼先的存在。"她忠贞不渝地守护着房间的一切，睹物思人。这里，见证了她和邓稼先的爱情，见证了邓稼先的一生，也见证了共和国的核武器事业。

当年，为何会选中年轻的邓稼先担当核武器事业的大任呢？

许鹿希说："邓稼先去世后的 1988 年 9 月 20

日，我与钱三强通电话时，曾问及当时为何选邓稼先去研制原子弹。钱三强说，当时有如下几点考虑：'此人要专业对口，是核物理专业，有相当的专业水平和科研能力，但名气又不能太大，以便和苏联专家相处；曾出国留学，了解海外情况，会与洋人打交道，懂英文，也要懂俄文；政治条件好，觉悟高，组织纪律性强。他来原子能所之后，曾担任中科院数理化学部的副学术秘书。'中科院党委书记张劲夫推荐他时说，人非常好，品质很好，很少说话，每天上班背个布包放书，步行上班。就这样，有关领导最终选定了'娃娃博士'邓稼先。"

…………

党和国家没有忘记邓稼先。

1989年夏天，在邓稼先逝世三年后，国家颁发给他国家科学技术进步奖特等奖，此前，他除了获自然科学奖一等奖（自然科学奖最高奖），已获得过3次国家科学技术进步奖特等奖。

1996年7月29日，邓稼先逝世十周年，我国政府特意选在这一天，进行了最后一次（第45

次）核爆试验，随即向全世界发表声明："中华人民共和国郑重宣布，从1996年7月30日起，中国开始暂停核试验。"以纪念邓稼先。

1999年，在中华人民共和国成立50周年之际，党中央、国务院、中央军委追授邓稼先"两弹一星"功勋奖章。

2008年，中国科学技术协会组织"中国十大传播科技优秀人物"评选，邓稼先当选。

2009年，邓稼先被评为"100位新中国成立以来感动中国人物"。

邓稼先逝世的噩耗，令杨振宁悲痛不已。

他静静地坐了许久，想让情绪平静下来。就像那年他在上海看到了邓稼先的亲笔信，难以控制感情。那是激动，而现在却是悲伤。往事一幕幕，宛若电影镜头浮现在眼前。

杨振宁即刻从美国给许鹿希发来了唁电："稼先为人忠诚纯正，是我最敬爱的挚友。他的无私精神与巨大贡献，是你的也是我的永恒的骄傲……稼先去世的消息，使我想起了他和我半个世纪的友情。我知道我将永远珍惜这些记忆。"

第八章 两弹元勋 许身国威壮河山

1987年10月23日,杨振宁回国,为邓稼先扫墓。

那天下午,松柏依然墨绿,天气阴沉沉的,八宝山笼罩着深沉悲壮的气氛。

国务委员宋健、国防科工委政委伍绍祖及九院领导和其他有关人士,邓稼先的妻子许鹿希等人,陪同杨振宁来到鲜花丛中的灵台前。在灵台上邓稼先的遗像前,杨振宁献上了花篮,花篮的白色缎带上写着"邓稼先千古 杨振宁敬挽"。

杨振宁在邓稼先遗像前伫立了良久,然后轻声问身旁的许鹿希:"稼先这张照片是什么时候照的?"

许鹿希告诉他:"是在原子弹、氢弹都已成功之后,1971年照的,当时他47岁。"

扫墓仪式结束后,许鹿希捧着一个蓝色盒子交给了杨振宁。盒面上写着两行字,上款是:"振宁,致礼存念",下款是:"稼先嘱咐,鹿希赠 一九八七·十"。杨振宁的目光在"稼先嘱咐"四个字上停留了。

许鹿希慢慢将盒盖打开,里面整齐地摆放

着他们家乡——安徽出产的石制笔筒、笔架、墨盒、笔盂、镇尺和一枚长方石印。这是邓稼先最后的嘱意，留送杨振宁这套坚固而又光洁如墨玉的家乡文房四宝，表达两人长达半个世纪的忠诚纯洁的友谊永世长存。

许鹿希说："去年，您曾两次到病房探望身患重病的稼先，他见到您很高兴。你们两人有说有笑，他连病都忘了。"

听了这话，杨振宁点头，强忍着悲痛，将目光缓缓转向它处。

许鹿希接着说："您在临别时，送给稼先一大束鲜花。这束花放在他病房的窗台上。他常常凝视着鲜花，在剧痛中得到支持和安慰。他很平静地对我说：'外国人的习惯是在朋友的墓前送上一束鲜花，振宁他知道我不行了。'"

杨振宁再也不能控制自己的情感，热泪夺眶而出，连忙掏出手绢擦拭泪水。

许鹿希又说："稼先在逝去后至今的一年多时间里，您给我寄来9封信，并找出了40多年前你们合拍的一些照片和许多国外报纸的复印件，以及新出版的书籍带给我，表明了您对稼先的怀念，今天又亲自来八宝山扫墓。"

许鹿希说这些话的时候，杨振宁不断地用手帕擦拭眼泪，不住地点头，却哽咽不能语。

不过才短短的一年，他却再也见不到好友邓稼先了。

"太平洋的海水虽有万里之遥，您和稼先分居两岸，但是它隔不断两人的友情。这么多年以来，稼先对您是十分钦佩的，而且敬佩的心情与日俱增。您和稼先之间的友情，若从1936年在中学时算起，到1986年是50年，半个世纪。"

说完，许鹿希将自己写好的一首七言律诗赠送杨振宁：

> 去年谈笑病房间，
> 谢君送别花束鲜。
> 稼先逝去劳悬念，
> 深情凭吊八宝山。
> 重洋万里隔不断，
> 互敬之心逐日添。

邓稼先

功勋泽人间

> 同窗友情胜兄弟，
>
> 杨振宁与邓稼先。

落款：邓稼先的妻子许鹿希再拜致谢。

杨振宁接收了赠诗，真诚地对许鹿希说："我很高兴你在《神州学人》刊物上写的怀念稼先的文章中引用了我对稼先的评价。这些评价是我认真思考过的。"

1986年8月15日和9月23日，杨振宁分别给许鹿希写了信。他在信中说："稼先去世的消息使我想起了他和我半个世纪的友情。我知道我将永远珍惜这些记忆。""是的，如果稼先再次选择他的途径的话，他仍会走他已走过的道路。这是他的性格与品质。能这样估价自己一生的人不多，我们应为稼先庆幸。"

许鹿希说："我在文章中采用您的话时，都事先征得您的同意。"

杨振宁点头表示都认可。

许鹿希曾经对杨振宁说过，中国原子弹的造价比外国少得多。杨振宁则说："如果算上中国科学家的生命，远不止这个价。"

杨振宁所说的"科学家的生命"，便是指邓稼先的为国捐躯。是的，邓稼先为国奉献了一生，这是国家和人民无法忘记的。

邓稼先的逝去，令杨振宁感到无言的痛楚。这种情感，既有半个世纪来的深厚友情，也有天地之间英雄的惺惺相惜。

杨振宁似乎沉入到了辽远的往事之中，深沉地说："假如有一天哪位导演要摄制《邓稼先传》，我要向他建议背景音乐采用五四时代的一首歌，我儿时从父亲口中学到的。"

稍一沉吟，杨振宁背诵道：

中国男儿、中国男儿，

要将只手撑天空。

长江、大河，亚洲之东，峨峨昆仑，

古今多少奇丈夫，

碎首黄尘，燕然勒功，至今热血犹殷红。

杨振宁告诉众人："我父亲诞生于1896年，

邓稼先

功勋泽人间

那是中华民族仍陷于任人宰割的时代。他一生都喜欢这首歌曲。"

历史犹如一条长河，奔腾向前，生生不息。

波光浪影中，总有一些重要的、光明的、希望的节点，也总有一些为人类做出过重要贡献的杰出人物，功勋泽人间，在岁月的幕墙上熠熠生辉，一如浩瀚而永恒的星空，令人仰望。

邓稼先把自己的生命融入了中华民族强盛的事业之中，他的挚友杨振宁把他引为"永恒的骄傲"。

中华民族在走向伟大的百年复兴的星空上，有一颗闪亮之星，这就是"两弹元勋"邓稼先。"哀君早辞世，功勋泽人间。"

后 记

邓稼先的事迹感动国人,正像张爱萍将军的评价:功勋泽人间。这是一个时代的印记,我对那个时代充满了敬意。

促使我写作有关邓稼先的文章,除了感动和敬仰,还有两个原因,第一,我父母都是军工,我自小在军工企业长大,也在军工企业工作了十年,是一个典型的军工二代。对邓稼先,我多了一份职业情。第二,我也是安徽人,与邓稼先是同乡,多了一份乡情。

2005年春节后,我在中央纪委、监察部机关报《中国纪检监察报》主持廉政周刊人物版，做编辑，也写稿。那几年，我采访了许多各行各业的突出人物。2009年，我采访了许鹿希老人。记得她家住在一幢老楼，房子不大，家具摆设还都是老物件。那天聊了一个下午，她签名赠我《邓稼先图片传略》一书。遗憾的是，当时因为没有别人在场，没有与许鹿希教授合影。

很快，我根据她说的内容并参考一些资料，创作了七八千字的《邓稼先与杨振宁半个世纪的友情——访"两弹元勋"邓稼先的爱人许鹿希》一文。出于慎重，我打印出来，送许鹿希教授过目，以免时间、地名等内容出现错误。她认真看了，并且改动了一些地方。2009年8月9日，这篇文章整版发表在《中国纪检监察报》人物周刊上。

文章发表后，《新华文摘》在2009年第20期进行了全文转载，同时，中国作家网、作家文摘报等多家媒体也进行了转载。

后来，我申请了一个微信公众号，分两次推出了这篇文章。公众号有留言功能，众多读者留

后记

言，反响很大。中共中央党校《学习时报》编辑被感动了，特意约了这篇稿子。我精练了4000字在《学习时报》副刊发表了。之后，中国文字著作权协会为会员搭桥，帮助《语文主题学习》征稿，因为字数限制，我再次精练成2000字。出乎意料的是，《语文主题学习》六年级下册、七年级下册都收录了这篇文章。

宣传邓稼先，让更多的人，尤其是青少年，知道邓稼先，学习他热爱祖国、为国奋斗拼搏的精神，是我的责任和义务。

2018年，中国科学技术出版社编辑出版《爱国奋斗精神读本》系列丛书，选题策划和责任编辑符晓静主任向我约稿。我打电话给许鹿希老人，想再进行一次采访，许老接的电话，思路很清晰，让我有事可以找邓志平先生。随后，我与邓志平先生联系，他寄来一本《邓稼先传》，作者许鹿希、邓志典、邓志平、邓昱友都签了名。这本著作是《共和国科学拓荒者传记系列》丛书（第一辑）之一，分别是钱学森、王淦昌、彭桓武、王大珩、邓稼先、孙家栋的传记。

邓稼先
功勋泽人间

该著封底印着杨振宁先生的一段话:"邓稼先的一生是有方向、有意识地前进的。没有彷徨,没有矛盾。如果稼先再次选择他的途径的话,他仍会走他已走过的道路。这是他的性格与品质。能这样估价自己一生的人不多。"

根据这些材料,我写了一万多字的《假如可以再生,我仍选择中国》一文。2019年,《爱国奋斗精神学习读本》榜样篇出版,多家新闻媒体刊发了出版消息。

与此同时,《人民日报》海外版副总编辑、著名作家李舫约了这篇稿子,精减后编入厚厚的《共和国年轮》一书,仍用了这个篇名。

写作《功勋泽人间》时,正赶上新冠病毒疫情暴发,几乎没有心思写作。疫情稍缓,我便去了安庆宜秀区邓稼先纪念馆(原属怀宁县),可是,纪念馆的内容我之前多见过,再想搜集独家素材已经很难了。

有关邓稼先的文章和书籍已经出版了不少,还有影视剧、戏曲等面世,我更信任的,还是邓稼先的家人写作出版的《邓稼先图片传略》和

《邓稼先传》，碰到说法不一的，自当以此为准，只想尽力保持历史的原貌，保持邓稼先的原本形象。我以为，真实更可信，真实更有说服力，真实更有生命力。

在此，谨向《邓稼先传》作者许鹿希、邓志典、邓志平、邓昱友表示感谢；向本书策划、责任编辑表示感谢。

时代在发展，爱国主义精神不能丢，需要薪火相传。经历过2020年之后，相信每个人都能愈发深刻地体验到，国家的安定和富强是多么重要！

沈俊峰

2020年11月